HEYNE BÜCHER

Über die Autorin

Wendy Loggia verfaßte mehrere Romane für junge Erwachsene. Sie und ihr Prinz leben glücklich in ihrem Schloß in New Jersey bis ans Ende ihrer Tage.

WENDY LOGGIA

Auf immer und ewig

– A Cinderella Story –

Der Roman zum Film
nach dem Drehbuch von
Susannah Grant und Andy Tennant & Rick Parks

Aus dem Amerikanischen
von Sonja Funke

Deutsche Erstausgabe

WILHELM HEYNE VERLAG
MÜNCHEN

HEYNE ALLGEMEINE REIHE
Nr. 01/20034

Titel der Originalausgabe
EVER AFTER – A CINDERELLA STORY

Umwelthinweis:
Das Buch wurde auf
chlor- und säurefreiem Papier gedruckt.

Redaktion:
Verlagsbüro Dr. Andreas Gößling und Oliver Neumann GbR, München

Printed in Germany 1998

Satz: Pinkuin Satz und Datentechnik, Berlin
Druck und Bindung: Pressedruck, Augsburg

ISBN 3-453-15579-3

http://www.heyne.de

Prolog
1500

Lange Spaziergänge im Mondschein, unerwartete Zärtlichkeitsbeweise, ein galanter junger Prinz auf einem majestätischen Pferd … welches Mädchen hat noch nicht davon geträumt, in einer märchenhaften Romanze von der Liebe mitgerissen zu werden?

Es war einmal in einer faszinierenden französischen Landschaft ein Mädchen namens Danielle, das genau diesen Traum träumte.

Aber das tat sie erst, als all ihre anderen Träume zerbrochen waren …

Kaum war die Sonne über dem schindelgedeckten Dach des Manoir de Barbarac aufgegangen, als die achtjährige Danielle de Barbarac einen Schrei reinster Freude ausstieß.

»Weihnachten! Ich bekomme eine Mutter und Schwestern, und alles an einem Tag!« Danielles braune Augen sprühten, als sie in die rotwangigen Gesichter von Paulette und Louise sah, ihren beiden schon älteren Kammermädchen. Sie bemühten sich, sie für diesen außergewöhnlichen Tag anzukleiden und zurechtzumachen.

Paulette zog ihre Wangen ein und versuchte, ein strenges Gesicht zu machen. »Ja, es wird hier sicher sehr aufregend zugehen, mit einer Baronin und all dem.« Mit festen und doch einfühlsamen Händen packte sie Danielle an den zarten Schultern, während sie einige eingebildete Falten aus dem Mieder des Mädchens strich. »Jetzt halt still.«

Danielle gehorchte, wobei ihr Blick zu dem vergoldeten Spiegel wanderte, der an der Wand ihres Schlafzimmers hing. Beim Anblick ihres Spiegelbildes verschlug es ihr den Atem. Sie sah so … so anders aus! Wo waren die Knoten in ihren Haaren? Die Schmutzstreifen auf ihren Wangen? Die verräterischen Spuren, die das Klettern auf Bäume und Hüpfen über Pfützen an ihrem Rocksaum hinterließen? Auch der Geruch nach erdiger Wiese auf ihrer Haut war verschwunden.

Statt dessen erblickte sie die Vision eines schönen Mädchens, gekleidet in blaßrosa Seide und Spitze, mit süß duftenden und mit Muschelkämmen hochgesteckten Haaren.

Sie kam sich wie eine Prinzessin vor.

Danielle konnte es nicht erwarten, ihrem Vater diese neue und verbesserte Ausgabe von sich selbst vorzuführen. Er würde sich sehr freuen, wenn er sie so verändert sah, nicht ungekämmt und ungewaschen wie sonst.

»Nach der langen Zeit hat der Herr etwas Glück verdient«, unterbrach Louise Danielles Gedanken. »Sie muß hübsch sein.«

›Sie‹ war Danielles neue Stiefmutter, die Baronin Rodmilla de Ghent. Danielle sollte ihr heute zum erstenmal begegnen.

Eine winzige Schweißperle rann an Danielles Rükken hinab, als Louise ihr Kleid zurechtrückte und geradezog. »Ich hoffe, sie mag mich«, sagte Danielle leise.

Louise griff ihr unter das Kinn. »Sie wird dich lieben. Sei nur der kleine Engel, von dem ich weiß, daß er irgendwo in dir steckt.«

»Und nag beim Abendessen nicht an den Knochen und benimm dich nicht so unmanierlich«, mahnte Paulette, während sie Danielle ein letztes Mal das Haar bürstete.

Danielle kicherte. Ihre Tischmanieren ließen etwas zu wünschen übrig, doch konnte sie sich durchaus wie eine Dame benehmen, wenn sie nur wollte.

Und heute wollte sie eine Dame sein ... mehr als alles andere.

Just in dem Augenblick traf ein Hagel aus kleinen Steinchen ihr Schlafzimmerfenster. Danielle entzog sich den Händen der Kammermädchen, die an ihr herumzupften, eilte ans Fenster und riß es auf.

»Gustave, ich habe dir doch gesagt, heute nicht!« rief sie hinunter.

Unten stand ein verkratzter Bauernjunge, bekleidet mit einer ausgeblichenen Arbeitshose und einem weichen Baumwollhemd. Wie immer stand sein Haar in unansehnlichen Büscheln ab, und seine Wangen waren vom langen Herumtreiben in den Feldern und an den Ufern der Loire gebräunt.

Gustave glotzte zu ihr herauf. »Du siehst ja wie ein Mädchen aus!« entfuhr es ihm, als hätte sie ihn durch ein solches Aussehen irgendwie verraten.

Sie schüttelte entnervt den Kopf. »Das bin ich ja auch, Tölpel!«

»Schon!« antwortete er. »Aber heute siehst du auch noch so aus!« Danielle beobachtete, wie Gustave auf dem schmutzigen Weg unter ihrem Zimmerfenster auf und ab stolzierte. Er fuhr sich durchs Haar und hielt seine Nase so hoch in die Luft, daß er fast gestolpert wäre. Danielle runzelte angesichts seiner Nachahmungsversuche die Stirn. Mochte sie auch wie ein Mädchen aussehen, so würde sie sich doch keinesfalls *so* aufführen.

Und sie würde auch keineswegs dulden, daß Gustave dort stand und sich über sie lustig machte. »Ob Junge oder Mädchen, ich kann dich immer noch verprügeln«, brüllte sie. Danielle drehte sich auf dem Absatz um und rannte aus dem Zimmer, bevor Paulette oder Louise sie zurückhalten konnten.

Ihre glänzenden neuen Stiefel jagten die Stufen in rasender Geschwindigkeit hinab. In Sekunden war sie durch die Halle und zur Tür hinaus in der Absicht, Gustave gegenüber keine Gnade walten zu lassen.

Mit einem Schrei raste sie hinter ihrem besten Freund her. Dessen Gelächter feuerte sie nur noch mehr an. Schmutz flog in kleinen Wirbelstürmen auf, als die Kinder über den Hof jagten. Paulette und Louise folgten ihnen in einer altersbedingt halbherzigen Jagd.

Danielle nahm die Verfolgung von Gustave so in Anspruch, daß sie den Hauptverwalter ihres Vaters, Maurice, in seiner Uniform nicht bemerkte, ebenso wenig wie die fünfzehn Hausangestellten des Manoir de Barbarac, die nervös am Haupteingang des Herrenhauses in einer Reihe warteten. Aber das Drängen in Maurices Stimme, als er zu ihr hinüberrief, entging ihr nicht.

»Danielle! Schnell, Mädchen. Da kommt dein Vater!«

Doch ihr blieb keine Zeit mehr. Bevor sie in Anbetracht ihrer Atemnot noch einmal tief durchatmen oder sich auch nur ihres wilden Äußeren bewußt werden konnte, zog eine Karawane aus Kutschen durch das Haupttor ein, und donnernde Hufe schlugen auf die staubige Auffahrt. Voran ritt auf einem schwarzen Hengst ein attraktiver Mann, hinter dem ein dunkler Samtumhang herwehte.

»Papa«, flüsterte Danielle, deren Herz bei diesem Anblick raste.

Maurice verneigte sich leicht, als der Hengst vor

ihm zum Stehen gebracht wurde. »Willkommen daheim, Monsieur le Seigneur. Ich sehe, Sie haben uns eine Baronin gebracht.«

Auguste de Barbarac schwang sich mit einer leichten, fließenden Bewegung vom Pferd herunter. »Ich habe Euch einen vollständigen Haushalt mitgebracht, Maurice.« Er überblickte die Reihe. »Aber mir scheint eine Tochter abhanden gekommen zu sein.«

Die Kutschen waren in gebührendem Abstand zurückgeblieben – alle bis auf eine, die kunstvollste. Sie war bis vor das Herrenhaus gefahren, und zwei Kutscher sprangen herbei, um die Tür zu öffnen. Alle Anwesenden – besonders Danielle – hielten den Atem an, als eine große, elegant gekleidete Frau aus der Kutsche stieg. Zwei Mädchen ungefähr in Danielles Alter folgten.

Danielle hätte die Frau hübsch genannt, nicht schön. Sie trug ein burgunderfarbenes Kleid, und ihr glänzendes schwarzes Haar war zu einem engen, kunstvollen Knoten zusammengebunden. Hohe, kantige Wangenknochen beherrschten ihr Gesicht, und die schmalen Lippen waren dunkelrot angemalt. Ihre eng beieinanderstehenden Augen faßten das Haus in den Blick, den Hof, die Reihe der eifrigen, nervösen Dienstboten. Ihre römische Nase verzog sich unwillkürlich zu einer kaum merklichen Andeutung des Mißfallens, als ob sie den Geruch fauligen Fleisches wahrnähme. Aber dann verschwand dieses Runzeln, und sie wandte sich Danielles Vater mit einem strahlenden Lächeln zu.

»O Auguste, es ist absolut entzückend. Wirklich.« Sie nahm seinen Arm. »Und wo ist das Haupthaus?«

»Papa!« rief Danielle und kümmerte sich nicht weiter um förmliches Verhalten. Übersprudelnd vor

Aufregung, raste sie auf ihren Vater zu und warf ihm die Arme um den Hals, um sich fest an ihn zu schmiegen.

Auguste hob sie hoch in die Luft und drückte sie mit ganzer Kraft. »Sieh dich an!« sagte er lachend, als sie sich voneinander lösten. Er musterte den Schmutz auf dem Rock seiner Tochter, den Staub auf ihren Wangen und ihr herabhängendes Haar. »Na ja«, lachte er, »du bist genau so, wie ich dich zurückgelassen habe. Und ich wette, dein Freund Gustave ist irgendwo in der Nähe.«

Danielle zog in einer Geste die Finger vor ihrem Hals entlang. »Nein, Sire. Ich habe ihn niedergemetzelt.«

Eine Bewegung im Hintergrund lenkte ihren Blick an die Hausseite, und Vater wie Tochter drehten sich zu Gustave um, einem menschlichen Häufchen aus Schmutz, das sich ihnen schlurfend und mit herabhängendem Kopf näherte.

Augustes Mund umspielte ein Lächeln. »So, hast du das?« Er beugte sich zu ihrem Ohr und flüsterte: »Ich hatte gehofft, eine kleine Dame vorstellen zu können ... aber vermutlich muß ich mit dir vorlieb nehmen.« Sanft setzte er Danielle wieder auf den Boden und küßte sie auf den Kopf.

Danielle schluckte schwer, als sie der Baronin und ihren Töchtern das Gesicht zuwandte.

»Danielle«, sagte ihr Vater, »darf ich dich der Baronin Rodmilla de Ghent und ihren Töchtern Marguerite und Jacqueline vorstellen?«

Danielle vollführte ihren elegantesten Hofknicks und hoffte inständig, daß sie nicht zu sehr zitterte. »Madame, Mesdemoiselles«, grüßte sie.

Als Danielle den Kopf hob, lächelte Rodmilla zu ihr herab – ein kühles, flüchtiges Lächeln. »Hallo, Danielle.« Ihre Stimme war sanft. »Endlich lernen wir uns kennen. Dein Vater spricht von nichts anderem.« Sie schwieg, während ihre Augen von dem Kamm, der verrutscht aus Danielles Haar herabhing, zu den Schmutzflecken wanderten, die ihr Kleid übersäten. »Wenngleich ich einen Moment lang glaubte, einem kleinen Jungen zu begegnen.«

Auguste trat vor. »Ja, nun, der väterliche Einfluß kann ein Segen und ein Fluch zugleich sein. Sie muß Dinge lernen, die nur eine Edeldame ihr beibringen kann.«

Danielle biß sich auf die Lippe, als ihr Vater die Hand ausstreckte und Rodmillas Wange berührte. Wenn ihr Vater diese Frau mochte, so würde auch sie es ganz sicher tun. Oder etwa nicht?

Rodmilla betrachtete Danielle prüfend, wie um sich jede unbefriedigende Einzelheit einzuprägen. »Ich will tun, was ich kann«, sagte sie abrupt. Dann wandte sie sich an ihre Töchter. »Meine Damen, begrüßt eure neue Stiefschwester.«

Danielle sah, wie die beiden Mädchen einen gleichförmigen Knicks machten. Als sie ihre Gesichter erhoben, lächelte Danielle sie zögerlich, aber herzlich an. Weihnachten! dachte sie und versuchte, die Überschwenglichkeit zu empfinden, die sie nur Minuten zuvor noch erfüllt hatte.

Aber während die eisigen Augen von Marguerite und Jacqueline sie anstarrten, konnte Danielle nur ein einziges Gefühl in sich entdecken.

Angst.

Danielles Finger wanderte langsam über die eingravierten Goldbuchstaben des Buches. »Utopia«, las sie und blickte ihren Vater um Erklärung heischend an. Das Buch war ein unerwartetes Geschenk gewesen, das er ihr in der Zurückgezogenheit ihres Zimmers überreicht hatte. Er sorgte immer dafür, daß er abends bei ihr vorbeikommen und ihr einen Gutenachtkuß geben konnte.

»Das bedeutet ›Paradies‹«, erklärte er und klopfte dabei auf den Umschlag. »Vielleicht etwas dick für eine Achtjährige, aber ich dachte, wir könnten es unserer Bibliothek hinzufügen.«

»Liest du mir etwas vor?« bat Danielle. Sie lehnte sich zurück und stützte sich auf den Ellbogen ab. Im Kamin brannte ein Feuer und füllte den Raum mit einem warm glühenden Leuchten.

Ihr Vater schüttelte den Kopf. »Meine Kleine, heute war ein langer Tag.«

Danielle seufzte, als ihr einfiel, daß sie nun nicht mehr die einzige Frau im Leben ihres Vaters war. »Du bist jetzt wieder ein Ehemann.«

Auguste de Barbarac strich seiner Tochter eine Haarsträhne aus dem Gesicht. »Ein Ehemann schon, aber in erster Linie ein Vater, für immer. Wir sind zwei Erbsen in einer Schote, du und ich. Seit langem schon. Und vermutlich wird es einige Zeit dauern, bis man sich daran gewöhnt hat.«

Bei den Worten ihres Vaters wurde es Danielle warm ums Herz. »Hast du gesehen, wie sie ihr Abendessen eingenommen haben?« fragte sie. Die Portionen ihrer Stiefschwestern waren klein gewesen, und sie hatten nur ein wenig daran herumgepickt. Ihre Bewegungen waren sorgfältig aufeinander abgestimmt. Danielle war sich wie ein richtiger Bauer vorgekommen, während sie ihr Gemüse gemampft und das Huhn geschnitten und gekaut hatte. »Es war perfekt. Wie ein Tanz.«

Auguste sah Danielle aufmerksam an. »Magst du sie?«

»Sehr«, sagte sie. *Oder zumindest hoffe ich, daß ich sie mögen werde,* dachte sie beunruhigt.

»Gut. Denn in zwei Wochen muß ich nach Avignon.«

Sie richtete sich starr auf. »Aber du bist doch gerade erst zurückgekommen!«

»Ich weiß.«

Ihre Augen verengten sich. »Wie lange bist du dann weg?«

»Drei Wochen.«

Danielle verschränkte die Arme vor der Brust. »Eine.«

Ihr Vater lachte. »Zwei.«

»Eine«, beharrte sie störrisch. Wie auf Kommando ballten sie beide die rechte Hand zur Faust, versteckten sie hinter dem Rücken und zählten bis drei.

»Stein, Papier, Schere!« Sie zogen.

»Papier bedeckt den Stein!« krähte Danielle, die ihre winzige Hand über die Faust ihres Vaters legte und sie drückte.

Ein Grinsen breitete sich auf seinem Gesicht aus. »In Ordnung, eine Woche.« Er beugte sich vor und küßte sie auf die Stirn. »Schlaf jetzt.« Nachdem er rasch das Feuer überprüft hatte, verließ er den Raum und schloß die Tür leise hinter sich.

Mit einem glücklichen Lächeln kuschelte Danielle sich unter ihre weiche Daunendecke. »Utopia«, flüsterte sie noch im Einschlafen. »Utopia.«

Eine leichte Staubschicht bedeckte die alte Zederntruhe, die in Rodmillas neuer Kammer an der Wand stand. Rodmilla betrachtete sie schweigend, dann hob sie den schweren Deckel. Kleider aus Pariser Seide, hauchdünnes feines Porzellan und glatte Stapel aus belgischem Leinen erfreuten ihr Auge.

»Du meine Güte.« Sie befühlte eine zarte rosafarbene Teetasse und beugte sich vor, um den Inhalt der Truhe besser ins Auge fassen zu können. Ein Streifen Mondlicht fiel auf ein kleines Paar silberner Satinschühchen, die mit tausend winzigen Kristallperlen bedeckt waren. Wer immer sie getragen hat, muß feenhafte Füße besessen haben, überlegte Rodmilla. Sie waren so klein und zart. Die Baronin schob sie beiseite und zog ein schönes, perlenbesetztes Abendgewand hervor. Als sie es sich vor den Körper hielt, entschlüpfte ihr ein kleiner Schrei des Entzückens. Die Schühchen würden ihr nie passen, aber das Kleid, das Kleid war erlesen. Die Baronin lächelte. Dieses Gewand würde jeden Blick im Königreich auf sich ziehen, mit seinen vorstehenden Falten, die sich eng um die Brust schmiegten und dessen Perlen das Licht einfingen, dessen …

Eine Bewegung an der Tür schreckte sie auf.

»Auguste!«

Sein Blick weilte auf dem Kleid, als riefe es eine ferne Erinnerung in ihm wach. »Nicole trug es bei unserer Hochzeit.«

»Ah, dann ist es Danielles Mitgift.«

Rodmilla faltete das Kleid zusammen, legte es wieder an seinen Platz in der Truhe zurück und schloß den Deckel. »Es muß sehr schmerzhaft sein, eine Liebe zu verlieren, in dem Moment, wo eine andere die Welt betritt«, sagte sie und ging auf ihren Ehemann zu. »Eine solche Tragödie, vermischt mit solcher Freude.«

Danielles Mutter war bei der Geburt gestorben. Sie mußte eine schöne, aber letztlich schwächliche Frau gewesen sein, hatte Rodmilla geschlossen.

Auguste nahm die Hand seiner neuen Frau. »Und nun habe ich eine neue Liebe gefunden.«

»Aber Auguste, ganz ehrlich. Dieses Haus, die Erinnerungen …« Sie wies auf das Zimmer um sie herum. »Die Entfernung zur Stadt. Als mein Mann starb – Friede seiner Seele –, habe ich sofort alles zusammengepackt.«

»Ja, meine Liebe, aber er war des Verrats überführt«, erinnerte Auguste. »Ihr wärt zusammen mit ihm enthauptet worden.«

Rodmilla schniefte. »Nun, das ist lange vorbei, und jetzt habe ich Euch. Ganz für mich allein. Endlich.« Sie schmiegte sich in seine Arme, küßte seine Wange und beschnupperte seinen Hals. Auguste war so stark, so schön, aber so … wenig ehrgeizig. Sie lächelte verstohlen. Das könnte sie ändern.

»Vorsicht, Madame«, flüsterte Auguste und drückte sich an sie. »Ihr wißt nicht, was Ihr tut.«

Rodmilla küßte seine Nase. »Ich glaube, in meinem Alter weiß ich genau, was ich tue.« Sie ging über zu seiner Wange. »O Liebster, ich kann es gar nicht erwarten, bis wir bei Hof vorgestellt werden.« Als nächstes sein Ohr. »Ich habe gehört, der König hat einen Sohn in Marguerites Alter.« Dann seine Lippen. »Trifft sich das nicht günstig?« schnurrte sie.

Auguste lachte. »Lieber Himmel, Frau, Ihr seid doch gerade erst angekommen.«

Rodmilla schloß ihre Hände um seinen Nacken. »Ich tue dies für uns, Liebster. Ihr kennt den alten Spruch: ›Eine gute Frau schmückt das Boot ihres Mannes mit dem passenden Segel‹? Nun, wir brauchen ein größeres Boot.«

Auguste sah sie bewundernd an. »Ihr habt Danielle schon für Euch eingenommen. Sie hält Euch eindeutig für eine Königin.«

Rodmilla hob die perfekt gezupften Brauen. »*Au contraire,* ich glaube, sie ist diejenige, die in diesem

Haus die Krone auf dem Kopf trägt.« Ihr war nicht entgangen, daß die Dienstboten sich nach den Wünschen des kleinen, schlecht erzogenen Wildfangs richteten.

»Könnt Ihr es mir vorwerfen?« fragte Auguste und sah sie mit großen Augen an.

Das konnte Rodmilla, sie wollte es aber nicht. Noch nicht. Sie würde warten müssen, bis sie eine feste Position in Augustes Haus innehätte, bevor sie die Dinge nach ihrem Geschmack formte. »Ehrlich, Auguste«, antwortete sie statt dessen, wobei sie ihn spielerisch kitzelte, »sie ist ein richtiger kleiner Junge.«

Auguste fiel aufs Bett und zog seine neue Frau mit sich. »Ihr solltet sie erst mit einem Schwert sehen.«

Danielle kämpfte den Kloß in ihrem Hals zurück und gab sich Mühe, tapfer auszusehen. Ihr Vater war schon Dutzende Male zu Reisen aufgebrochen, aber deshalb fiel es ihr immer noch nicht leichter, sich von ihm zu verabschieden. Verstohlen blickte sie zu Jacqueline und Marguerite. Auf den Gesichtern der beiden zeigte sich keine Spur von Traurigkeit. *Weil sie nicht wissen, wie lustig Papa ist,* sagte sich Danielle. *Sie werden sich sicher sehr wundern, wenn er zurückkommt und wir alle gemeinsam etwas unternehmen!*

Auguste befestigte den schweren Umhang um seinen Hals und zog die ledernen Reithandschuhe an. Sein Blick wanderte über die düster dreinblickende Reihe der Dienstboten und dann über seine Familie. *Ich habe noch nie so viele traurige Gesichter gesehen,* dachte er. Sein fröhlicher Ton sollte ihnen mitteilen, daß alles in Ordnung war. »In einer Woche bin ich zurück.« Er beugte sich zu Rodmilla hinab und küßte sie.

»Dann geht«, sagte Rodmilla, die ihn fest umarmte und ganz plötzlich freiließ. »Je früher Ihr aufbrecht, desto schneller können wir Eure Rückkehr feiern.«

Danielle kratzte mit ihren neuen Schuhen über den Boden. Ihr Vater küßte Marguerite und Jacqueline auf die Wange und beugte sich dann zu ihr herab. »Vielleicht habt ihr drei euch dann schon besser kennengelernt«, sagte er und umarmte sie. Danielle drückte ihn ebenfalls fest. Plötzlich kam sie sich klein und einsam vor.

»Ich zähle darauf, daß du ihnen beibringst, wie es bei uns zugeht«, beauftragte er seine Tochter. Er wandte sich an Rodmilla. »Die Baronin ist es nicht gewöhnt, sich die Hände schmutzig zu machen«, neckte er sie.

Danielle betrachtete die lilienweißen Finger der Stiefmutter. Sie glaubte ihm.

Das Mädchen sah zu, wie sein Vater sich auf das Pferd schwang und den schmutzigen Weg zur Straße hinuntertrottete.

Rodmilla klatschte in die Hände. »Kommt, meine Damen. Zurück zu eurem Unterricht.« Ihr Rock rauschte, als sie ihre Töchter an der Hand nahm.

»Wartet«, entfuhr es Danielle. »Er winkt immer, wenn er beim Tor ist. Das ist eine Tradition.«

Die Baronin hielt kurz inne, dann verwarf sie den Gedanken und ging zum Haus. So blieb Danielle ohne ihre neue Stiefmutter und die Stiefschwestern stehen und sah dem Aufbruch ihres Vaters weiter zu, gemeinsam mit den Bediensteten. Ihr Vater erwartete, daß sie so lange da bliebe.

Danielle wartete auf sein letztes Winken. Er war beinahe am Tor angekommen – das war die Stelle, an der er sich normalerweise umdrehte.

An diesem Tag tat er es nicht.

An diesem Tag kippte er nach vorn und stürzte vom Pferd.

»Papa!« kreischte Danielle. Ihr kleines Gesicht verzerrte sich vor Angst. Sie lief den Weg zu ihm hinab, Maurice an ihrer Seite. Dies konnte nicht wirklich geschehen sein. Papa war so stark, so gesund ... er würde doch nicht einfach plötzlich krank werden, oder?

Auguste de Barbarac lag mit dem Gesicht nach unten im Staub, sein Pferd scharrte nervös mit dem Huf neben ihm. Maurice drehte ihn um, und Danielle fing an zu schluchzen. Das Gesicht ihres Vaters war bleich, und sein Atem ging stoßweise. Danielle fiel neben ihm auf die Erde, ihr Körper wurde von Schluchzern erschüttert. *Bitte, Papa,* bettelte sie und ergriff seinen Arm. *Bitte, nicht sterben. Ich liebe dich zu sehr. Bitte ...*

Rodmilla kam zu ihnen gelaufen und schob Maurice und Danielle zur Seite. »Auguste, bitte, du kannst mich hier nicht allein zurücklassen!« schrie sie und krallte sich in seinen Umhang.

Hilflos starrte Auguste in das Gesicht seiner neuen Frau – und streckte die Arme dann nach Danielle aus. Aber es war zu spät. Seine Hände griffen ins Leere und fielen schlaff zur Seite. Sein Unterkiefer sank herab.

Voller Angst sah Danielle trostsuchend zu Rodmilla, wobei ihr die Tränen über das Gesicht liefen.

Zornig darüber, daß die letzte Geste ihres Ehemannes seiner Tochter und nicht ihr gegolten hatte, stampfte Rodmilla die Auffahrt wieder hinauf. Sie würde sich das Haus gründlich ansehen, das jetzt *ihr* Haus war. Ihre Haltung war aufrecht, als hätte sie einen Besenstiel verschluckt, und ihr steinerner Blick geradeaus gerichtet.

Erfüllt von einer bis dahin ungekannten Verzweiflung, legte Danielle ihren Kopf auf des Vaters Brust und benetzte den leblosen Körper mit Tränen. Innerhalb von Minuten war ihr der wichtigste Mensch auf der Welt grausam entrissen worden.

Ihr kostbarer Vater war tot.

Und sie, Danielle de Barbarac, war eine Waise.

Kapitel 1
1512

Die eisige Nachtluft jagte Henry einen Schauer durch den ganzen Körper, als er das Fenster seiner Schlafkammer hochschob, aber er wollte keinen Rückzieher machen. Er zog sich die Kapuze über den Kopf und kletterte hinaus und an der kalten Steinmauer von Hautefort hinab. Nicht zum erstenmal unternahm er einen Fluchtversuch, doch dies sollte der letzte sein. Er mußte es schaffen.

Sein Herz hing davon ab.

Er untersagte es sich, in die Tiefe zu blicken, und bewegte sich langsam, aber sicher voran, wobei er mit den Fingerspitzen nach jeder Spalte griff, die sich bot. Als er auf der Höhe des zweiten Stockwerks angekommen war, wurde sein Blick von dem Salamander-Emblem und den über dem Fenster der Westkammer eingravierten Initialen angezogen: F & M, Francis und Marie, seine Eltern.

Oder, wie sie der Welt bekannt waren, König Francis und Königin Marie von Frankreich.

Mit einem tiefen Atemzug glitt Henry an dem Fenster vorbei, aus dem die zornige Stimme seines Vaters drang. »Ich habe einen Heiratsvertrag mit dem König von Spanien unterzeichnet, und bei Gott, dieser Junge wird meinem Befehl gehorchen, oder wir werden furchtbar dafür zahlen müssen!«

Eine Tür knallte zu, und bald schallte das Geräusch klackender Schritte vom Hof zu Henry herauf.

»Er liebt sie nicht, Mylord«, hörte er seine Mutter flehen.

»Es geht nicht um Liebe«, sagte sein Vater herrisch.

Henry zuckte zusammen.

»Vielleicht sollte es so sein«, entgegnete seine Mutter unschuldig.

Einen Augenblick lang zögerte Henry. Er liebte seine Eltern sehr … aber nicht genug, um eine Frau zu heiraten, für die er nichts empfand. Wenn nur sein Vater Vernunft annehmen und einsehen wollte, wie schrecklich es für Henry wäre zu heiraten …

»Als zukünftiger König muß er seine Pflichten akzeptieren!« brüllte sein Vater.

Henry bewegte sich schnell an der Wand hinab. Es hatte keinen Sinn. Sein Vater würde sich nie ändern.

»Ein Schößling kann nicht im Schatten einer mächtigen Eiche wachsen, Francis. Er braucht das Sonnenlicht«, argumentierte seine Mutter.

»Er braucht eine ordentliche Tracht Prügel!« donnerte sein Vater.

Henry sprang die restlichen anderthalb Meter auf die Erde hinab und erschreckte dabei einen Wächter auf Nachtwache, der mit einem Pferd bereitstand. Ohne ein Wort schwang der junge Prinz sich auf das Pferd und galoppierte in die Dunkelheit davon.

»Ki-keri-ki! Ki-keri-ki!«

Beim ersten Krähen des Hahnes bewegte sich die junge Frau, die vor der Herdstelle schlief. Das Feuer war ausgegangen, und übrig waren nur noch der Ruß, der ihr die Kleider und das Gesicht befleckte, und der schwache Aschegeruch, der durch das Haus zog.

Gähnend setzte sie sich auf und streckte sich, bevor sie sich mit einer müden Hand durch die langen braunen Haare fuhr und die Augen rieb. Der Morgen war viel zu früh angebrochen. Sorgfältig nahm sie das Buch, das geöffnet auf ihrer Brust gelegen hatte, und schloß es. Jahrelanges nächtliches Lesen hatte seine Spuren auf den Seiten hinterlassen, und der Ledereinband, einst glatt und straff, war nun narbenübersät. Lange Goldfäden hingen von dem Einband herab.

Seufzend wischte die junge Frau das Buch mit ihrer Schürze ab und stellte es auf den Sims. *Utopia* lautete sein Titel.

Ein neuer Tag wár angebrochen.

Zeit für Danielle, sich an die Arbeit zu machen

Ist das jetzt der sechste Eimer oder der siebente? fragte sich Danielle, während sie einen Eimer Wasser auf die vertrocknenden Büsche schüttete, die sich neben dem Manoir de Barbarac befanden. Nicht, daß es eine Rolle spielte. Seit Jahren schon versuchte Danielle die einst üppig blühenden Gärten und Obstgärten am Leben zu erhalten, aber mit jedem Winter verschlechterten sich ihre Aussichten. Wie konnte ein Mädchen allein ein gesamtes Gut am Blühen erhalten?

Sich selbst einigermaßen aufrecht zu halten war schon schwer genug.

Nachdem sie genügend Feuerholz für den ganzen Tag gehackt hatte, ging Danielle zum Obstgarten hinüber. Glücklicherweise brachten die Apfelbäume ihres Vaters immer noch reiche Ernte, und sie konnte stets darauf rechnen, genug Äpfel zu finden, aus denen einer der Köche einen Kuchen oder eine Apfelsoße herstellte.

Sie sammelte das Obst ein, wobei sie ihre Schürze als provisorischen Korb benutzte. Als sie genug hatte, ging sie zum Herrenhaus zurück. Für einen Augenblick genoß sie die Einsamkeit an diesem frühen Morgen. Die Sonne war nun voll aufgegangen, und das Licht, das sich über das Dach des Herrenhauses ergoß, entlockte ihr ein Lächeln.

Ein lautes Wiehern aus den Ställen schreckte sie auf. Sie blinzelte entsetzt, als der alte schwarze Hengst ihres Vaters aus dem Stall gerast kam, über eine Dornenhecke setzte und geradewegs auf sie zu galoppierte. Auf seinem Rücken saß eine Gestalt, die in einen Umhang mit Kapuze gehüllt war und das Tier voranhetzte.

Danielle war wütend. Instinktiv griff sie nach einem Apfel und schleuderte ihn dem heranrasenden Reiter entgegen. Zu ihrer Befriedigung traf sie ihn direkt zwischen die vollen Augenbrauen. Der unerwartete Stoß ließ ihn rückwärts vom Pferd gleiten.

Als der benommene Reiter wieder auf die Füße stolperte, feuerte Danielle weitere Äpfel auf ihn. »Dieb!« schrie sie. »Das wird Euch lehren, meines Vaters Pferd zu stehlen.«

»Bitte, mein eigenes hat einen Huf verloren, und ich habe keine andere Wahl!« rief der Mann.

»Und was ist unsere Wahl?« schrie Danielle mit blitzenden braunen Augen zurück. »Euch gewähren zu lassen?« Wie konnte dieser unverschämte Mann zu glauben wagen, er könnte in das Haus eindringen, das einst ihrem Vater gehört hatte, und sein bestes Pferd stehlen? Der Gedanke machte sie noch wütender, und wieder warf sie Äpfel auf die unverschämte Person.

Der Kapuzenmann versuchte sich hinter dem Pferd in Sicherheit zu bringen, doch das Tier weigerte sich, still stehen zu bleiben, wieherte und scharrte unruhig mit den Hufen im Dreck.

»Wartet!« schrie der Mann und hob abwehrend den Arm, um sich vor einem weiteren Apfel zu schützen. »Au!«

»Verschwindet!« kreischte Danielle.

»Ich wollte das Pferd nur ausleihen!« protestierte er.

Ohne auf sein Flehen zu achten, schleuderte Danielle einen weiteren Apfel auf ihn. »Fort! Oder ich wecke das ganze Haus auf!«

Der Hengst bäumte sich auf und warf den Mann zu Boden. Danielle eilte herbei. Dabei hielt sie einen Apfel umfaßt, bereit, ihn nötigenfalls damit zu bewerfen.

Seine Kapuze war zurückgefallen, so daß Danielle sein Gesicht sehen konnte.

Trotz ihrer Wut konnte sie nicht umhin zu bemerken, daß der junge Mann, der sie jetzt anstarrte, wundervoll aussah. Gemeißelte Wangenknochen, sanfte rote Lippen, dunkle Augen unter gleichfalls dunklen Wimpern und weiches seidiges schwarzes Haar, das gerade bis an seine Schultern reichte.

In ihrem Magen breitete sich ein Gefühl von Panik aus. Danielle kannte das Gesicht ... Dieses Gesicht hatte breit von den Balustraden herabgelächelt, diese Hände hatten zur Menschenmenge gewunken, und dieser schöne Körper hatte auf dem königlichsten aller Pferde gesessen ...

Das war kein Dieb. Das war Prinz Henry, der Sohn des Königs von Frankreich!

Danielle warf sich vor ihm zu Boden. »Vergebt mir, Eure Hoheit, ich habe Eure Züge unter der Kapuze nicht gesehen!« stotterte sie. Tränen stiegen ihr in die Augen. Wie konnte sie nur so etwas Dummes tun – den Prinzen mit Äpfeln bewerfen!

»Eure Treffsicherheit ließe etwas anderes vermuten«, entgegnete der Prinz trocken.

»Und dafür werde ich sterben müssen!« Ihr Herz schlug so schnell, als müßte es in ihrer Brust zerspringen.

Prinz Henry sah sich um, dann stützte er sich auf ein Knie. »Sprecht mit niemandem hierüber, und ich werde Milde walten lassen.«

Meinte er das ernst? Danielles Mund stand offen, während der Prinz schnell die Umgebung mit Blikken absuchte und dann das Pferd wieder bestieg.

»Wir haben noch andere, Hoheit. Jüngere Pferde, wenn es Euer Wille ist«, sagte Danielle mit gesenktem Blick.

Er öffnete eine Lederbörse und warf einen Haufen Goldmünzen vor sie in den Dreck. Ihre Augen wurden groß, als sie das Vermögen erblickte, das verstreut im Staub lag.

»Ich wünsche mir nichts mehr, als aus meinem goldenen Käfig zu entkommen«, sagte er leise.

Seine Worte waren merkwürdig, und einen Moment lang war Danielle versucht, ihn zu fragen, was er meinte. Aber da galoppierte der Prinz schon davon.

Träumte sie? Hatte sie sich alles nur eingebildet? Rasch sammelte sie die Münzen ein und drückte eine zwischen ihren schmutzigen Fingern. *Echte Goldmünzen … und sie gehören mir!* Ihr wurde ganz schwindlig bei dem Gedanken. Ein Lächeln erhellte ihr Gesicht. Sie wußte ganz genau, was sie damit anfangen würde.

Sie sammelte einige Äpfel vom Boden auf, rannte dann zum Herrenhaus und stürzte zur Küchentür hinein. Paulette und Louise waren eifrig damit beschäftigt, Brot zu schneiden und Marmelade in winzige Töpfchen zu füllen. Mit fragendem Blick betrachteten sie Danielle, aber bevor sie etwas erklären konnte, erklang aus dem Speisesaal eine Stimme.

»Warum steht kein Salz auf dem Tisch?« erkundigte sich Rodmilla mit lauter Stimme. Danielles Stiefmutter klang erzürnt.

»Komme schon!« rief Danielle und legte die Äpfel

auf dem abgewetzten hölzernen Arbeitstisch ab. Sie griff nach dem Salzblock aus dem Verschlag und fing an, Salz in eine Schale zu kratzen.

»Sie hat schon wieder eine ihrer üblen Launen«, murmelte Paulette vor sich hin.

Louise verdrehte die Augen. »Ist die Sonne im Osten aufgegangen?« Sie waren inzwischen so an Rodmillas schlechtes Benehmen gewöhnt, daß ein nettes Wort oder ein freundlicher Blick sie völlig verschreckt hätte.

»Ja, Louise, allerdings«, erwiderte Danielle strahlend. »Und heute wird ein schöner Tag.« Aus ihrer Schürzentasche zog sie eine Handvoll Münzen hervor.

Paulette riß die Augen auf. »Jetzt seht euch nur all die Münzen an!« Sie umklammerte Danielles Arm. »Kind, wo habt Ihr das her?«

»Von einem Gnadenengel.« Danielle sah Louise in die Augen. »Und ich weiß auch schon, was ich damit anfangen werde.«

»Maurice!« Louise hielt sich die Hand vor den Mund und brach in Tränen aus.

»Wenn die Baronin deinen Mann verkaufen kann, um ihre Steuern zu bezahlen, dann wird ihn dies sicher wieder zurückbringen.« Danielles Gesicht leuchtete vor Überzeugung. »Der Hof wird ihn wieder gehen lassen müssen.«

»Aber der König hat ihn an Cartier verkauft«, murmelte Louise unter Tränen. »Maurice soll nach Amerika.«

»Noch nicht.« Danielle baute sich vor ihr auf. »Dies hier ist *unser* Zuhause, und ich will nicht, daß es auseinanderbricht.«

Rodmillas schrille Stimme erhob sich aus dem Eßsaal. »Wir warten«, rief sie.

Paulette beugte sich zu Danielle. »Paßt auf, Herrin«, warnte sie, »oder diese Münzen gehören ihr.«

Danielle nickte. Ihre Freundin hatte recht. Falls Rodmilla von dem Vermögen erfuhr, das sie da bekommen hatte, würde sie es Danielle innerhalb von Sekunden rauben. Eilig steckte sie das Geld in ihre Schürzentasche zurück, nahm das Salz und trat in den Speisesaal.

»Morgen, Madame. Marguerite, Jacqueline. Ich hoffe, Ihr habt gut geschlafen.«

Rodmilla nahm eine Scheibe Brot auf. »Was hat dich so lange aufgehalten?«

Danielle schwieg. »Ich … ähm … bin im Obstgarten von der Leiter gefallen, aber jetzt geht es schon wieder.« Vorsichtig stellte sie das Salz neben Marguerite und biß sich auf die Lippe, als ein paar Rußflocken auf die schneeweiße Tischdecke fielen.

»Jemand hat schon wieder vor der Herdstelle gelesen«, höhnte Marguerite. »Sieh dich nur an, überall Dreck und Asche.«

Rodmilla nippte an ihrem Kaffee. »Einige Menschen lesen, weil sie selbst nicht denken können.«

»Warum schläfst du nicht mit den Schweinen, Aschenruß, wenn du schon unbedingt wie eines riechen willst?« zog Marguerite sie auf, während sie etwas Salz auf ihren Teller häufte.

Danielle verbiß sich eine Antwort. Ihre Stiefschwester war der Mühe nicht wert.

Rodmilla blickte ihre Tochter tadelnd an. »Das war nicht nett, Marguerite. Danielle, Kind, komm her.«

Danielle ging langsam zu ihrer Stiefmutter hinüber und fragte sich, was wohl heute wieder an ihr auszusetzen sei.

»Dein Äußeres spiegelt allerdings eine gewisse … Grobheit wider, meine Liebe«, sagte Rodmilla mit einem Blick auf das schmutzige, verrußte und strähnige Haar. »Was kann ich nur tun, damit du dir etwas Mühe gibst?«

Vielleicht gibst du mir ein Bett, in dem ich schlafen kann, ein Becken, in dem ich mein Gesicht waschen, und einen Morgen, an dem ich länger als bis um sechs Uhr ruhen kann, dachte Danielle mit einer Spur Bitterkeit. »Ich werde mir Mühe geben, Stiefmutter«, erwiderte sie mit zitternder Stimme. Auch wenn sich gezeigt hatte, daß ihre Stiefmutter ihr keine Freundin war, gab Danielle die Hoffnung nicht auf. Vielleicht würde sich Rodmilla ihr gegenüber eines Tages doch freundlich erweisen und durch irgendeine kleine Anerkennung zu verstehen geben, daß Danielle für sie ein Mensch war mit Gefühlen wie jeder andere Mensch auch. »Ich ... ich wünschte wirklich, daß ich Euch gefiele. Manchmal sitze ich alleine und versuche mir auszudenken, was ich tun könnte, wie ich handeln sollte ...«

Rodmilla hob eine Hand. »Beruhige dich, Kind. Entspann dich.«

Danielle nahm all ihren Mut zusammen. »Vielleicht würde ich Euch nicht so beleidigen, wenn wir Maurice wieder herholten.« Maurice hatte ihr immer geholfen, ihr immer mit Rat zur Seite gestanden, wenn sie ihn brauchte und niemand anderer für sie da war. Wenn nur ...

»Es ist deine Art, die mich beleidigt, Danielle«, sagte Rodmilla scharf und knallte ihre Kaffeetasse auf die Untertasse. »In diesen schweren Zeiten habe ich dich beschützt, dir Kleider gegeben und für dich gesorgt. Dafür verlange ich lediglich, daß du mir klaglos hilfst. Ist dies ein so außergewöhnlicher Wunsch?«

Danielle errötete. »Nein, Mylady.«

»Dann will ich nichts mehr hören von ehemaligen Bediensteten. Verstanden?«

»Ja, Mylady.« Mit einem schnellen Knicks entschuldigte sich Danielle. Als sie die Tür zur Küche aufstieß, klangen ihr die letzten Worte der Stiefmutter noch in den Ohren.

»Nach allem, was ich getan habe«, hörte sie Rodmilla klagen. »Nach allem, was ich tue. Es ist nie genug für solche wie sie.«

Kapitel 2

Für sein Alter war der Hengst lebhaft, und Henry hielt die Zügel locker in der Hand, so daß das Tier einen Waldweg nach dem anderen hinabjagte. Henry verstand, was es bedeutete, eine solche Freiheit zu haben und den Weg nach Belieben wählen zu können. Er griff nach vorn und rieb sanft über den schweißnassen Hals des Pferdes. Sobald sie einen Fluß erreichten, würde er das durstige Tier trinken lassen.

Während er die Zügel anzog und dadurch den Schritt des mittlerweile müden Hengstes verlangsamte, flogen Henrys Gedanken zu der frühmorgendlichen Szene zurück. Wie gut das Dienstmädchen gezielt hatte, als sie ihn mit Äpfeln bewarf, als wäre er die Zielscheibe eines Schießkommandos gewesen. Und wie mutig sie den Besitz ihres Herrn verteidigt hatte. Es mußte etwas für sich haben, derart starke Gefühle wegen eines Besitzes zu empfinden. Henry mochte ein Prinz sein, aber er spürte einen befremdlichen Mangel an Zuneigung zu dem, was er besaß. Seine Schlafkammer in Hautefort war mit Reichtümern gefüllt – schweren, geschmückten Wandbehängen, Holzschnitzereien aus Flandern und Spanien, einem Schreibpult mit Schildpatt- und Perlenintarsien –, aber er würde all dies gerne hergeben für seine Freiheit.

Dann grinste er, griff in seine Tasche, befühlte seine leere Lederbörse. *Würde* alles hergeben? Er *hatte* es hergegeben. Er war frei.

Wohin sollte er gehen? Der Süden Frankreichs war warm, aber zu nahe – er könnte leicht gefunden werden. Angesichts seiner Heiratsaussichten kam Spanien nicht in Frage. Italien … ein paar Monate unter der toskanischen Sonne verweilen, Wein trinken und sich an sonnengereiften Tomaten und köstlichen Pastas gütlich tun, die pittoreske Landschaft genießen … Ein Aufenthalt dort könnte genau richtig für ihn sein. Nicht, daß er unbedingt einen Ort zum Verlieben brauchte. Aber schließlich war er noch nie verliebt gewesen.

In der Ferne erblickte er zwischen den Bäumen einen Farbschimmer. Eine heruntergekommene Zigeunergruppe hatte einen alten Mann umzingelt. Beunruhigt beobachtete Henry, wie sie mit Gewehren das Eigentum des alten Mannes von einem zum nächsten stießen. Zwar war Henry an diesem Morgen auch eine Art Dieb gewesen, aber er würde niemals einem Älteren Schaden zufügen. Das ging zu weit.

Henry näherte sich der Gruppe. Konnte er sich gegen sie verteidigen? Ein Mann gegen zwölf? Während er noch darüber nachdachte, sah einer der Zigeuner zu seiner Überraschung zu ihm hinüber und gab dann seinen Männern schnell ein Zeichen. Sie verschwanden in alle Richtungen.

Henry richtete sich höher in seinem Sattel auf und strich seinen Umhang glatt. Wer brauchte ein Schwert und eine Rüstung? Ein Blick genügte – und die Zigeuner waren geflohen, als wäre die gesamte königliche Garde zu einem Überraschungsangriff unterwegs.

Hufe donnerten hinter ihm, und Henry drehte sich um.

Die königliche Garde *war* tatsächlich zu einem Überraschungsangriff unterwegs. Aber nicht auf die Zigeunertruppe.

Danielle (*Drew Barrymore*) führt auf dem Schloß ihres Vaters ein fröhliches und unbeschwertes Leben.

Rodmilla de Ghent, Danielles neue Stiefmutter
(*Anjelica Houston*)

Nach dem Tod ihres Vaters wird Danielle wie eine Dienstmagd behandelt.

Er war das Ziel.

Henry gab dem Hengst die Sporen. »Los!« schrie er und zerrte hart am Zügel des erschöpften Tiers.

Doch ehe er entkommen konnte, eilte der alte Mann auf ihn zu. Seine Kleidung schleppte im Staub, das ungepflegte weiße Haar hing ihm über die Schultern, und sein Bart war zerrupft.

»Bitte, um Himmels willen, das Gemälde!« Seine Augen blickten wild. »Der Mann entkommt!« Er wies auf den Anführer der Zigeuner, der zu Fuß durch den Wald lief, mit seinen schmutzigen Händen eine Messingröhre umklammernd.

»Die Wache wird Euch helfen!« rief Henry mit einem Blick über die Schulter zurück. Sie hatten ihn fast erreicht. »Ich kann nicht!«

Zu seinem Entsetzen packte der alte Mann ihn am Bein. »Bitte, Sire, es geht um mein Leben.«

Was konnte an dem Gemälde nur so wichtig sein? Henry wollte den verrückten Narren abschütteln und davongaloppieren. Jede Sekunde, die er verschwendete, brachte ihn der sicheren Gefangennahme näher. Aber etwas in dem Blick des alten Mannes hatte ihn berührt. Es war derselbe Blick, den das Apfel-werfende Mädchen gehabt hatte … ein Blick aus Stolz, Verzweiflung und – Menschlichkeit.

Seine Schwäche verfluchend, nickte Henry dem alten Mann kurz zu und jagte dann hinter dem Dieb in den Wald hinein.

Der Bandit hatte reichlich Vorsprung, und Henry würde kein leichtes Spiel haben. Er lenkte den Hengst bergauf durch das Gestrüpp aus Bäumen und Ästen und ließ dabei das bunte Gewand des Zigeuners nicht aus den Augen. Dornenzweige verfingen sich in seinen Kleidern, und ein Zweig peitschte ihm ins Gesicht. Henry fluchte. Ritterlichkeit gehörte in alberne Märchenbücher. Vielleicht sollte er einfach aufgeben, umkehren und dem alten Mann sagen, daß er den Zigeuner verloren habe. Das wäre zwar nicht gerade besonders ehrenhaft, aber wenigstens würde er sich weitere Verletzungen ersparen.

Er schloß die Augen und atmete tief durch, als das Pferd auf einer kleinen Anhöhe zum Stehen kam. Glücklicherweise öffnete Henry rechtzeitig die Augen, um den Dieb zu erblicken, der nun selbst auf einem Pferd saß und mit einem riesigen Stock zum Schlag ausholte.

Henry wich aus und hielt sein Pferd mühsam unter Kontrolle, während der Zigeuner in den Wald galoppierte.

»Jeeaaa!« schrie Henry und gab dem Hengst erneut die Sporen.

Die Verfolgungsjagd hatte begonnen.

Bäume, Felsen, Hecken flogen dahin, während Henry und der Zigeuner wild zwischen den Bäumen hindurchrasten. Das Messingrohr hing von den Armen des Zigeuners herab. Henry war noch nie in seinem Leben so versessen darauf gewesen, etwas zurückzubekommen. Er beugte sich so tief über den Rücken des Pferdes, daß er es beinahe umarmte, und hoffte, der trittsichere Hengst hatte genug Kraft für die weitere Jagd.

Innerhalb von Sekunden hatten sie den Wald hinter sich zurückgelassen, und Henry sah, daß dieser sich an der Seite eines Berges befand. Da bemerkte er, daß die beiden Pferde auf einen engen Pfad zujagten, der um den Berg herumführte.

Weil der Zigeuner nur noch den Bruchteil einer Sekunde vor ihm war, streckte Henry einen Arm aus und griff nach dem hin und her schwingenden Messingrohr.

Und dann war es auch schon zu spät.

Laut schreiend stürzten die beiden Männer von ihren Pferden, wirbelten durch die Luft und fielen in einen schlammigen Teich, der sich neben dem Pfad befand.

Kaltes Wasser jagte Henry Schauer durch den Körper, als er eintauchte. Er strich es sich aus dem Gesicht und umklammerte siegreich die Messingröhre. Dann schwamm er mit kräftigen Zügen ans Ufer.

»Grrch!« würgte Henry, als ihn ein nasser Arm, der in einer Hemdbluse steckte, von hinten packte und in den Schwitzkasten zu nehmen versuchte. Er suchte nach Halt in dem niedrigen Wasser und wußte sich schließlich nur noch auf eine Art zu helfen.

Blitzschnell drehte er sich um und schlug seinen Widersacher mit der Messingröhre bewußtlos.

Eines war am Leben in Frankreich wirklich großartig: Die Bäckereien waren nie leer. Jacqueline biß in ihr zweites – oder war es ihr drittes? – Schokoladen-Éclair und versuchte dabei, sich zu erinnern, das wievielte es nun tatsächlich war. Sie hatte so lange an der Straßenecke am Ende der Gasse gestanden, daß sie mit dem Zählen ganz durcheinander geraten war. Es machte ihr keinen besonderen Spaß, Wache zu stehen, während ihre Mutter und Marguerite die Waren des zwielichtigen Goldverkäufers untersuchten und sich dabei immer weiter entfernten. »Ich möchte nicht, daß irgend jemand, den wir kennen, uns hier sieht, Jacqueline«, hatte die Mutter ihr eingeschärft. »Mit einem Straßenhändler Geschäfte zu machen, nun, das ist nicht gerade etwas, wofür wir bekannt werden sollten.«

Jacqueline leckte sich die Schokoladenreste von den Fingerspitzen. Sie konnten sich also den tollen Schmuck aus den Stadtgeschäften nicht leisten. War das ein Verbrechen? Sie spähte in ihre Tasche. *Wollen mal sehen, soll ich die Feigentorte oder den Windbeutel nehmen?* Mit geschlossenen Augen griff sie in die Tasche. *Der Windbeutel!* Gerade wollte sie sich die köstliche Schleckerei in den Mund schieben, als sie zwei hübsch gekleidete Damen entdeckte, die die Straße herunter kamen ... Celeste und Isabelle, die beiden wichtigsten Edelfrauen der Stadt! Ihre Mutter wäre wütend, wenn Jacqueline sie und Marguerite nicht warnte, daß sie Gefahr liefen, bei einem billigen Straßenhändler überrascht zu werden.

Jacqueline schob ihr Gebäck wieder in die Tasche zurück und legte die Finger an den Mund, um einen warnenden Pfiff auszustoßen, aber alles, was dabei herauskam, waren einige herabfallende Krümel und eine Wolke aus Puderzucker. Verzweifelt überlegte sie, was sie noch unternehmen könnte, aber ihr fiel nichts ein, und schon glitten die beiden Frauen an ihr vorüber.

Jacqueline lehnte sich an ein nahes Gebäude und spähte dann in die dunkle Gasse hinunter, um ihre Mutter und Schwester ausfindig zu machen.

Angesichts der unzweifelhaften Geschäftsverhandlungen, die da stattfanden, rissen die beiden Edelfrauen die Augen auf. »Also wirklich, Rodmilla, der Ruf einer jungen Dame wird in einer solchen Gasse sehr beschädigt«, tadelte Celeste von der sicheren Hauptstraße her, wobei sie mit einer Kopfbewegung auf Marguerite deutete.

Marguerite umklammerte eine mittelgroße Goldbrosche und sah nervös zu ihrer Mutter, während der Goldverkäufer aus dem Blickfeld huschte.

Rodmilla gab sich zerknirscht. »Ja, ich gebe es zu, ich wollte für meine Kammermädchen günstig einkaufen.«

»Geschenke für die Dienstboten«, murmelte Isabelle mit zweifelnder Stimme. »Welch neuartige Idee.« Sie rief Rodmilla zu: »Ich vermute, Ihr habt es schon gehört: Der Prinz ist davongelaufen.«

»Er möchte eine Liebesheirat!« schmunzelte Celeste. »Kann man sich so etwas vorstellen? Also wirklich, allein schon die Idee ...«

»Vulgär und selbstsüchtig«, beendete Rodmilla den Satz.

Jacqueline seufzte. In ihren Ohren klang das Ganze äußerst romantisch.

»Ob er wohl auf jemanden ein Auge geworfen hat?« warf Isabelle ein.

Rodmillas Gesicht veränderte sich, als der Goldverkäufer mit einer riesigen Brosche zurückkehrte. »Mmm«, entgegnete sie langsam, und ihr Blick wanderte von Jacqueline zu Marguerite. »Das frage ich mich auch.«

»Hast du den Verstand verloren?« Gustave schüttelte den Kopf. »Weißt du, welche Bestrafung für Dienstboten vorgesehen ist, die sich über ihrem Stand kleiden? Fünf Tage im Stock!«

Danielle streckte den Kopf hinter der Leinwand vor und schürzte die Lippen. Das Atelier ihres Freundes war vollgestopft mit Malutensilien. »Du würdest für mich das gleiche tun. Gib's zu.«

»›Ich‹?« Gustave traute seinen Ohren nicht. »So tun, als wär' ich ein Höfling? Herumhüpfen wie ein Edelmann? Meine Güte, ich bin ja noch nie bei Hof gewesen.« Er wedelte mit dem Finger vor ihrem Gesicht hin und her. »Und du auch nicht.«

»Dann kann ich auch nicht erkannt werden. Komm schon, reich mir das Gewand, damit ich aufbrechen kann.«

An diesem Tag war das Glück auf ihrer Seite. Gustave hatte den Auftrag erhalten, das Porträt einer alten, sehr reichen Adligen zu malen. Nach der Sitzung hatte die Frau Gustave gestattet, eines ihrer Gewänder dazubehalten und ebenso etwas von ihrem Schmuck, so daß er es für die Fertigstellung des Porträts in Ruhe studieren konnte. Danielle hatte sich zu ihm hereingeschlichen, um das Kleid und den Schmuck auszuleihen, ihren Auftrag auszuführen und dann alles zurückzubringen, ohne daß außer Gustave irgend jemand davon erfuhr.

Sie hoffte, bei ihrem Auftrag ebensoviel Glück zu haben. Gekleidet wie eine königliche Hofdame und mit einer Geldbörse voll Goldmünzen glaubte sie den König überreden zu können, daß er Maurice freiließ. Falls nicht – nun, daran wollte sie nicht denken. Als sie an diesem Morgen aufgebrochen war, hatte Louises Gesicht so viel Hoffnung und Vertrauen ausgestrahlt, daß Danielle wußte, sie könnte nicht wieder nach Hause zurückkehren, wenn ihre Mission mißlang.

»Das Gewand?« fragte sie ungeduldig.

Mit mißbilligendem Blick reichte Gustave ihr das silberne Bündel hinüber. »Nie wird man dir das abkaufen. Du bist nicht hochnäsig genug.«

»Ich muß einfach nur überzeugend sein. Ich bin seine einzige Hoffnung«, entgegnete Danielle und zog das schwere Brokatkleid über.

»Und die Baronin?« Gustave rümpfte die Nase. »Was willst du der erzählen?«

»Daß ich Blumen pflücken gehe.« Danielle blickte wieder hinter dem Wandschirm hervor, mit dem

Mieder des Gewands beschäftigt. »Kannst du sie noch sehen?« Wer hätte gedacht, daß ihre Stiefmutter und die Stiefschwestern sich in einer Gasse in der Nähe von Gustaves Atelier herumtrieben?

Gustave blickte aus dem Fenster. »Sie kaufen eine Brosche.«

Angeekelt stieß Danielle einen Seufzer aus, während sie die Schnüre des Kleides enger zog. »Unglaublich. Sie hat keine Ahnung vom Haushalt, tadelt mich und die Dienerschaft wegen ihrer Schulden und glaubt immer noch, sie könnte Geld zum Fenster hinauswerfen.« Sie zerrte an dem Kleid. »Nun wag bloß nicht zu lachen. Ich komme jetzt heraus.«

Danielle trat hinter dem Wandschirm hervor. Plötzlich kam sie sich dumm vor. Gustave hatte recht. Es war eine alberne Idee. Wer würde schon glauben, daß ausgerechnet sie, Aschenruß, eine Hofdame, eine Edelfrau sei? »Die Schuhe sind zu groß«, murmelte sie und machte sich an den Schnallen zu schaffen. Langsam hob sie den Blick in Erwartung seines Gelächters.

Es blieb aus.

»Keiner wird auf deine Füße blicken«, flüsterte der ganz offensichtlich verblüffte Gustave.

Danielle spürte, wie sich ihre Wangen röteten. »Meterweise Stoff, und ich fühle mich immer noch nackt«, sagte sie und zeigte auf ihre bloßen Schultern und das Décolleté.

»Wenn du eine Adlige sein willst, mußt du dich auch so verhalten.« Gustave hob Danielles Kinn an. »Du senkst den Blick für niemanden. Halte die ganze Zeit Blick und Kinn hoch.«

»Ich bin nur eine Dienerin in einem hübschen Kleid«, sagte Danielle verlegen.

Gustave wollte etwas erwidern, doch dann verzichtete er darauf. »Komm«, sagte er statt dessen nur. »Wir müssen dein Haar richten.«

»Henry, Ihr habt es versprochen«, erinnerte Captain Laurent traurig.

Henry ließ den Kopf hängen. »Ich weiß. Ich habe gelogen.« Ja, es war ihm gelungen, die Messingröhre ihrem rechtmäßigen Besitzer zurückzugeben, aber das Unternehmen hatte ihn seine Freiheit gekostet.

Die gesamte königliche Garde hatte ihn umstellt, und der Captain seines Vaters erledigte gerade die schmutzige Arbeit: Er hielt ihm eine gesalzene Standpauke.

»Ich dachte, ich sollte mir erst einmal die Welt ansehen, bevor ich mein Leben Gott und dem Vaterland überlasse«, fügte Henry hinzu, dessen Träume soeben zu seinen nassen Füßen zerbrachen.

»Und warum habt Ihr dann angehalten?« erkundigte sich der alte Mann. Mittlerweile hatte er das Ende der Röhre aufgeschraubt und die eingerollte Leinwand herausgezogen.

Henry zuckte die Schultern. »Vermutlich mangelt es mir an Überzeugung. Ihr dagegen scheint davon massenhaft zu besitzen. Ihr habt behauptet, es ginge um Leben und Tod.«

Der alte Mann lächelte. »Bei einer Frau geht es immer darum, Sire.« Schwungvoll entrollte er das Gemälde.

Henry starrte das Porträt einer Frau mit langem schwarzem Haar, einem vollen Gesicht und einem fremdartigen, fast geheimnisvollen Lächeln an. »Sie lacht mich aus, Sire, als ob sie etwas wüßte, was ich nicht weiß.«

»Die Dame hatte viele Geheimnisse«, entgegnete der Alte. »Ich habe nur eines gemalt.«

Captain Laurent räusperte sich. »Signor da Vinci wurde als Hauskünstler ins Schloß eingeladen.«

Henrys Unterkiefer fiel herab. War das wirklich möglich … »Leonardo da Vinci?«

Der alte Mann lächelte den Prinzen an. »Michelangelo war mit einer Kirchendecke in Rom beschäftigt. Ich bin nur die zweite Wahl.«

Henrys Stimmung besserte sich schlagartig. »So was, hier bin ich nun auf dem Weg nach Genua und finde mein Heil auf der Straße!« brach es aus ihm heraus, während er den berühmten Künstler bei den Schultern packte. »Sire, Sie sind der Begründer des fortschrittlichen Denkens, mein Vater aber ist der König des rückwärts gewandten Denkens! Vielleicht können Sie ihn ins sechzehnte Jahrhundert führen!«

Leonardo sah verwirrt aus. »Captain Laurent, bitte erklären Sie mir das.«

»Prinz Henry leidet unter einer arrangierten Ehe, Signore«, erklärte der Captain. »Unter anderem.«

Der Künstler nickte weise. »Aha.«

Denke klar, denke logisch, befahl sich Rodmilla. Sie atmete tief ein und versuchte zu vergessen, daß vor dem Haupttor des Herrenhauses die königliche Garde stand, zusammen mit einem der berühmtesten Künstler, und daß der Prinz höchstpersönlich mit einem Diener den Weg heraufgelaufen kam.

Es war unmöglich.

Sie strich ihr schimmerndes schwarzes Haar zurück und das Kleid glatt. Durch das Fenster des großen Saales starrte Marguerite mit offenem Mund auf den Prinzen. Rodmilla berührte von hinten ihr Gesicht. *Diese* hier war die Tochter mit Zukunft. Mit

Marguerites Gesicht und Figur konnte sie leicht das Herz eines jeden Mannes gewinnen. Der Prinz würde sicherlich ihrem Charme erliegen, wenn Mutter und Tochter ihr Spiel gut spielten.

»Zieh dich schnell um, Mädchen«, sagte sie mit leuchtenden Augen, »und gehe dabei äußerst sorgfältig vor, denn du begegnest heute deinem zukünftigen Ehemann.«

Marguerite stieß eine Mischung aus Keuchen und Lachen aus.

»Und vergiß nicht, die Währung hier heißt höfisches Benehmen«, fügte Rodmilla mit einem Klaps auf Marguerites Po hinzu, mit dem sie die Tochter in deren Schlafkammer schickte. »Geh schon!«

Dann fiel Rodmillas Blick auf Jacqueline, die im Hintergrund stand. »Du! Hilf ihr!«

Die Baronin fragte sich, warum ausgerechnet ihr nicht nur eine so bösartige Stieftochter wie Danielle beschieden war, sondern auch eine leibliche Tochter wie Jacqueline, die so ... linkisch war.

Aber jetzt war nicht die Zeit, um über ihr Unglück nachzudenken.

Denn Rodmilla hatte das Gefühl, daß ihr Schiff endlich in einen sicheren Hafen segelte.

»Eure Hoheit, welch wunderbare Überraschung«, sagte Rodmilla, als sie sich von ihrem Knicks erhob und dem Prinzen ihr bezauberndstes Lächeln schenkte. Dieser schien aus irgendeinem Grund etwas naß zu sein. Machte aber nichts. »Ich habe nicht mit so hohem Besuch gerechnet.« Sie wies auf den Saal, in dem sie sich befanden und der gerade das schnellste Auskehren, Bohnern und Säubern hinter sich hatte, das ihm je zuteil geworden war. »Welchem Grunde verdanken wir diese Ehre?«

Prinz Henry lächelte. »Ich bringe Ihr Pferd zurück, Baronin.«

»Oh ...« Rodmilla war verwirrt. »Vermissen wir eines?«

»Ja, ich habe es heute morgen ausgeliehen«, erwiderte er. »Ich fürchte, daß ich eine Eurer Dienerinnen zu Tode erschreckt habe – allerdings eine junge Dame mit einem ziemlich treffsicheren Arm.«

Kalter Haß stieg in Rodmilla auf. Diese intrigante Stieftochter ... »Sie ist stumm, Eure Hoheit«, beeilte sich die Baronin zu erklären, wobei sie sich Mühe gab, genau den richtigen Ton zwischen Mitleid und Desinteresse zu treffen.

»Wirklich?« Der Prinz hob die Augenbrauen. »Sie sprach ziemlich energisch.«

Rodmilla hielt die Hände hoch. »Es kommt und geht.« Sie warf ihm einen koketten Blick zu. »Aber wie immer steht Eurer Hoheit alles zu Diensten, was Ihr wünscht. Wirklich *alles.*«

Wie auf ein Stichwort kam Marguerite in den Saal gestürmt, die Augen weit aufgerissen, das Haar zerzaust, mit Jacqueline dicht auf den Fersen, die vor Aufregung in Panik geriet. Rodmilla unterdrückte das dünne, angestrengte Lächeln, das ihr auf die Lippen kommen wollte, und bedachte statt dessen ihre Tochter mit einem äußerst vorwurfsvollen Blick. *Entspann dich, Mädchen ... Das macht einen viel besseren Eindruck auf den Prinzen. Wenigstens war sie so klug, das Kleid zu tragen, das am meisten enthüllt.*

»Oh, ich bin entzückt, meine Damen«, sagte Rodmilla graziös, gerade so, als ob der Prinz jeden Tag vorbeikäme. »Seht nur, wer uns besucht.«

»Eure Hoheit«, grüßten die Schwestern wie mit einer Stimme und sanken in einem synchronen Knicks zu Boden.

Rodmilla wandte sich an den Prinzen. »Darf ich Ihnen Marguerite Françoise Louise aus dem Hause von Ghent präsentieren?«

Marguerite strahlte. Jacqueline hüstelte leicht verlegen.

»Oh, und Jacqueline«, setzte Rodmilla hinzu, die kaum das Lächeln mitbekam, das Captain Laurent ihrer jüngeren Tochter schenkte. Rodmilla war zu sehr mit ihrem nächsten Schachzug beschäftigt.

»Ihr könnt wirklich stolz auf sie sein«, sagte Prinz Henry. »Meine Damen, verzeiht mir, aber Ihr scheint über Nacht erblüht zu sein.«

Rodmilla trat einige Zentimeter näher an den Prinzen. »Wir freuen uns so, Eure Verlobung mit Eurer spanischen Rose zu feiern.«

»Ja, nun, es hat da einige … neue Entwicklungen gegeben«, entgegnete er vage. Zu Rodmillas unendlichem Vergnügen schien der Prinz von Marguerites neuer Brosche gefesselt zu sein, die fest auf dem Mieder ihres Kleides prangte, direkt über ihrem ausladenden Busen. »Ich muß schon sagen, Marguerite, diese Brosche verblüfft mich«, kommentierte er.

»Dieses alte Ding?« gurrte Marguerite. »Ihr seid zu freundlich.«

Rodmilla unterdrückte den Drang, ihrer Tochter zuzuzwinkern. »Diese Entwicklungen sind doch wohl zum Besten?« fragte sie den Prinzen mit klimperndem Augenaufschlag.

Prinz Henry schwieg. »Hoffen wir es. Guten Tag.«

»W-würdet Ihr gern eintreten und Eure nassen Kleider wechseln?« brach es aus Jacqueline heraus.

Rodmillas Kopf fuhr herum zu ihrer errötenden, stammelnden Tochter. Sie schoß ihr einen wütenden Blick zu und wandte sich dann zum Prinzen, um sich für die tölpelhafte Offenheit ihrer Tochter zu entschuldigen. Aber sein Blick war abwesend, nicht ärgerlich.

»Das ist ein reizendes Angebot, Jacqueline«, sagte er freundlich. »Aber ich fürchte, ich würde nie mehr aufbrechen wollen.« Mit einer knappen Verbeugung verließ der Prinz das Herrenhaus, dicht gefolgt von Captain Laurent.

Rodmilla zog den Vorhang zurück und sah zu, wie die beiden Männer, Signor da Vinci und die königliche Garde davongaloppierten.

Alles in allem war der unerwartete Besuch gut verlaufen, und sie hatte wieder Fortschritte dabei gemacht, ihren Fuß in das Schloß zu bekommen. Dann verengten sich Rodmillas Augen. Wie hatte Danielle es wagen können zu verheimlichen, daß der Prinz sich eines ihrer Pferde ausgeliehen hatte?

Dafür würde die kleine Närrin zahlen.

Kapitel 3

»Ich bin wirklich hier«, flüsterte Danielle. »Ich tu's wirklich.« Sie hatte Hautefort Hunderte Male gesehen, aber an diesem Tag sah das Schloß eindrucksvoller aus als je zuvor. *Vermutlich, weil ich zum erstenmal darum gebeten habe, dort eingelassen zu werden,* dachte sie nervös. Gerüchten zufolge besaß das Schloß über vierhundert Räume und dreihundert offene Kamine, ganz zu schweigen von den Tausenden Hektar königlichen Landes, von denen es umgeben war. Sie eilte auf das Haupttor zu, blieb dann stehen, atmete tief ein und fing an wie eine Dame zu schreiten. *Höflinge nähern sich den Palasttoren nicht im Laufschritt,* sagte sie sich. *Sie schweben dorthin.*

Oder versuchten es.

Eine Gruppe Bauern umlagerte die äußeren Schloßtore, und einen Augenblick lang verließ Danielle jeglicher Mut. Mit solchen Menschenansammlungen hatte sie nicht gerechnet. Aber dann fiel der Blick eines Wachmanns auf sie, und er gab ihr ein Zeichen näher zu treten. Danielle griff prüfend nach ihrem Haar, das Gustave mit einer juwelenbesetzten Spange zurückgesteckt hatte. Sie glättete das Kleid aus sahnefarbenen, mit Gold und Silber verzierten Satin- und Samtstoffen und richtete die goldene Kordel, die ihre Taille umspielte. Gustaves Zauberwerk hatte geholfen. Sie war drin!

Sie lief über die Zugbrücke, die zu den Schloßtoren führte, vorbei an waffenstarrenden Wachmännern. Ihre geschmeidigen Hände – Gustave hatte darauf bestanden, daß sie sie eincremte – fingen an zu schwitzen. Innerhalb der hohen eisernen Außentore sah das Schloß ganz anders aus. Türmchen mit blauen Spitzen schienen gegen den Himmel zu stoßen, und ein breiter Treppenaufgang ragte vor dem Schloßhof auf. Riesige getrimmte Rasenflächen erstreckten sich zu beiden Seiten; auf der einen Seite befand sich ein Springbrunnen. Die vielen Fenster spiegelten glitzerndes Licht wider, und das dicke Glas bildete zu dem schneeweißen Marmor der Schloßmauern einen lebhaften Kontrast.

Die anmutige Schönheit des Schlosses verschlug ihr die Sprache.

Und genauso der Anblick ihres alten Freundes Maurice, der wie eine Kuh auf einen Gefängniswagen getrieben wurde.

Danielle blickte zum Himmel auf. »Gott, gib mir Kraft«, murmelte sie. Dann eilte sie ohne zu zögern voran, um den Wagen aufzuhalten, der um eine Ecke herum und auf das Haupttor zufuhr. Sie hielt eine Hand hoch, so daß der Wagen gezwungenermaßen langsamer wurde. »Dieser Herr ist mein Diener, und ich bin hier, um ihn auszulösen«, erklärte sie mit einer Handbewegung auf den verwirrten Maurice.

»Zu spät«, bellte der Wagenmeister, dessen fleischige Wangen hin und her wackelten, als er den Kopf schüttelte. »Gekauft und bezahlt.«

Der Anblick ihres Freundes hinter den Gittern des Gefängniswagens zerriß ihr fast das Herz. Wie konnte man diesen freundlichen, guten Menschen nur so behandeln? Erstaunt bemerkte Danielle, wie ein Lächeln über das Gesicht ihres ehemaligen Hauptverwalters huschte, das zeigte, daß er sie erkannt hatte. Seine Hände umfaßten die Käfigstäbe so fest, daß die

Knöchel weiß hervortraten. Danielle hoffte, er würde begreifen, was sie da unternahm, und ruhig bleiben.

»Ich bezahle Ihnen zwanzig Goldfranken«, erklärte sie dem Wagenmeister in dem herablassendsten Ton, den sie zustande brachte.

Zu ihrer Empörung warf er den Kopf zurück und lachte. »Madame, Ihr könnt *mich* für zwanzig Goldfranken kriegen«. Mit einer Drehung seines dicken Halses rief er dem Kutscher zu: »Fahr los!«

Er glaubt nicht, daß ich soviel Geld habe, dachte Danielle verzweifelt. Wie rasend griff sie nach dem Pferdegeschirr. »Ich verlange, daß Ihr ihn sofort freilaßt, oder … ich werde, äh … die Angelegenheit dem König vortragen!«

»Der König selbst hat ihn doch verkauft – jetzt gehört er Cartier.« Das Gesicht des Wagenmeisters war dunkelrot angelaufen.

»Er gehört überhaupt niemandem, elender Lump!« rief Danielle aus.

Murmeln wurde laut in der Gruppe der Höflinge, die sich um sie herum gebildet hatte. »Glaubt Ihr im Ernst, es sei richtig, Menschen wie Vieh anzuketten?« Danielle holte tief Luft. »Ich verlange, daß Ihr ihn sofort freilaßt!«

»Aus dem Weg!« schrie der Wagenmeister.

»Ihr wagt es, gegenüber einer Dame die Stimme zu erheben, Sire?« erklang ein dunkler Bariton aus der Menschenmenge.

Danielle drehte sich um. Die Menge teilte sich, und die Menschen verneigten sich, als Prinz Henry auf sie zuschritt, begleitet von einem großen Gardisten in makelloser Uniform. Schnell senkte sie den Kopf. Wenn der Prinz sie als das Mädchen erkannte, das ihn mit Äpfeln beworfen hatte, war nicht mehr daran

Das Kleid ihrer Mutter ist Danielles wertvollstes Erinnerungsstück.

Rodmilla ist die neue Herrin auf dem Schloß.

Danielle ist fest entschlossen, ihren Freunden zu helfen.

zu denken, Maurice frei zu bekommen ... wahrscheinlich würde sie selbst eingesperrt werden!

»Vergebt mir, Eure Hoheit«, jammerte der Wagenmeister händeringend. »Aber es ist meine Aufgabe, diese Diebe und Verbrecher zur Küste zu bringen.«

Diebe? Verbrecher? Danielle richtete sich auf, hob das Kinn hoch und sah Prinz Henry geradewegs in die Augen. »Ein Dienstbote ist kein Dieb, Eure Hoheit«, sagte sie kühn. »Und wenn einer ein Dieb ist, dann nur, weil er sich nicht selbst helfen kann.«

Der Prinz und sein Gardist tauschten Blicke aus. »Wirklich?« sagte der Prinz. »Nun, erklärt uns das genauer.«

Ohne auf ihr Herzklopfen zu achten, fuhr Danielle fort: »Wenn Ihr zulaßt, daß Euer Volk schlecht erzogen wird und seine Manieren von Kindheit an verdorben werden und Ihr es dann für Verbrechen bestraft, zu denen es vor allem die fehlende Erziehung getrieben hat, was soll man dann anderes daraus schließen, Sire, als daß Ihr es erst zu Dieben macht, um es dann zu bestrafen?«

Der Mund des Prinzen zuckte leicht, als ob er ein Lächeln zurückhielte. »Nun, da seht Ihr es«, verkündete er der schaulustigen Menge. Er wandte sich dem Wagenmeister zu. »Laßt ihn frei.«

Der Mann zögerte. »Sire, meine Befehle lauten ...«

»Ich sagte, laßt ihn frei!« rief der Prinz. Wieder wurde ein Murmeln in der Menge laut angesichts der hoheitlichen Erregung.

Danielle konnte kaum glauben, daß ihr Plan in Erfüllung gegangen war, und mit stiller Freude beobachtete sie, wie einige Wachleute die Ketten lösten, die Maurice gefangenhielten. In schmutzigen und zerrissenen Kleidern und mit benommenem Ausdruck stieg er vom Wagen herab. »Ich dachte, ich sähe Eure Mutter«, murmelte er Danielle mit feuchten Augen zu.

»Wartet auf mich an der Brücke«, entgegnete sie leise. Dann setzte sie – lauter, weil sie wußte, daß die edlen Leute um sie herum dies erwarteten – hinzu: »Wir brechen sofort auf. Kümmert Euch um die Kutsche.«

Während Maurice mit von den Ketten noch steifen Armen und Beinen davonstolperte, wandte Danielle sich dem Prinzen zu und verneigte sich. »Ich danke Euch, Sire.« Sie drehte sich auf ihrem abgetretenen Absatz um, der unter dem eleganten Kleid verborgen war, und schritt auf das Haupttor des Schlosses zu.

Schnell, schnell, warnte sie eine leise Stimme in ihrem Kopf. *Noch können sie entdecken, wer du wirklich bist.*

Aus dem Augenwinkel nahm sie wahr, daß der Prinz ihr folgte. Ja, er war direkt hinter ihr.

»Ich hätte schwören können, jede Hofdame aus der Provinz zu kennen«, sinnierte er, während er neben ihr herschritt. »Sind wir uns schon begegnet?«

Sein Blick war so unverwandt, so neugierig, daß Danielle glaubte, in Ohnmacht zu fallen. Ob aus Angst, erkannt zu werden, oder aus Angst, so nah bei jemandem zu sein, der so … so schön war, wußte sie nicht.

»Ich bin zu Besuch bei einer Cousine«, brachte sie schließlich hervor.

»Wem?«

»Meiner Cousine«, erwiderte Danielle und beschleunigte ihre Schritte.

»Ja, das sagtet Ihr. Welcher?«

Für diese Hartnäckigkeit hätte er ausgezeichnet werden müssen. »Der einzigen, die ich habe, Sire.« Sie biß sich auf die Lippe und eilte weiter, den Blick fest auf die riesigen Tore gerichtet, die zwischen ihr und der Sicherheit lagen.

»Dann sagt mir doch bitte den Namen Eurer Cousine, damit ich sie besuchen und herausfinden kann, wer Ihr seid.« Seine Stimme wurde weich. »Denn es lohnt die Mühe bei jemandem, der Thomas Morus zitiert.«

Vor Verlegenheit errötete Danielle leicht. Er hatte sie überführt. »Eure Hoheit haben *Utopia* gelesen?« fragte sie.

Der Prinz nickte lachend. »Ich fand es sentimental und dumm.« Er zuckte mit den Schultern. »Ich gebe zu, daß die Anstrengungen des alltäglichen Landlebens mich langweilen.«

Danielle blieb plötzlich stehen. Konnte jemand, und sei es auch ein Prinz, so herablassend sein? Sie zeigte auf den davonfahrenden Gefängniswagen. »Ich nehme an, Ihr unterhaltet Euch nicht oft mit einfachen Landarbeitern?« Ihr Blut geriet in Wallung.

Der Prinz lachte herzlich. »Gewiß nicht! Nein.« Er sah sie an, als wäre sie verrückt. »Natürlich nicht.«

»Verzeiht, Sire, aber daran ist nichts natürlich«, erwiderte sie mit Schärfe. »Der Charakter eines Landes wird von seinen gewöhnlichen Landmenschen bestimmt, wie Ihr Sie nennt, und ihre Stellung verlangt Respekt. Nicht ... nicht ...« Sie wußte, daß es aus ihr heraussprudelte, aber sie konnte nicht dagegen an. Welch traurige Angelegenheit, daß ein Mensch mit solch verstaubten Ansichten eines Tages ganz Frankreich regieren sollte!

Auf dem Gesicht von Prinz Henry zeigte sich eine Mischung aus Faszination und Überraschung. »Verstehe ich richtig, daß Ihr mich für arrogant haltet?«

Danielles Blick gab ihm zu verstehen, daß sie genau das dachte – unter anderem. »Einem Mann habt

Ihr die Freiheit zurückgegeben, aber habt Ihr den anderen auch nur einen einzigen Blick gegönnt?« Dem hatte er nichts entgegenzusetzen, dachte sie selbstgefällig. Sie hatte ihn erwischt.

Der Prinz trat näher an sie heran und blickte ihr in die Augen. »Wer *seid* Ihr?« flüsterte er.

Plötzlich bemerkte Danielle, daß sie von einer Menschenmenge umgeben waren. Einer sehr stillen, äußerst interessierten Menschenmenge. Sie schluckte. Ihr Wagemut verließ sie schneller, als das Wasser eines Burggrabens an einem heißen Augusttag verdunstet.

»Ich fürchte, ich kann Euch nicht mehr als einen Namen nennen … Comtesse Nicole de Lancret«, sagte sie, verzweifelt nach einer Antwort suchend.

»Na also, das war doch nicht so schwer«, antwortete der Prinz lächelnd.

Über den Hof erklang in diesem Moment die Stimme einer Frau. »Henry, du bist wieder da!«

Eine wunderschön gekleidete Frau mit makelloser Frisur und ebensolchem Gesicht eilte auf sie zu. Danielle erbleichte. Es war Königin Marie.

»Hallo, Mutter«, begrüßte sie der Prinz.

Während die beiden miteinander zu sprechen begannen, machte Danielle sich unauffällig davon.

Den ganzen Tag schon hatte das Glück sie begleitet. Es wäre unvernünftig, das Schicksal jetzt herauszufordern, indem sie ein Gespräch mit der Königin riskierte. Welchen Zweck hätte es außerdem gehabt, mit dem Prinzen über die Probleme der Armen zu debattieren? Es hatte nicht den Anschein, als könnte sie seine Meinung ändern.

Doch auch wenn sie es nicht zugeben wollte, so waren beim Anblick dieses schönen, feingeschnittenen Gesichtes Gefühle in ihr aufgestiegen, von denen sie nicht gewußt hatte, daß sie in der Lage war, sie zu empfinden.

Doch ein armes Dienstmädchen wie sie konnte es sich nicht leisten, solche Gefühle für den Prinzen von Frankreich zu empfinden.

Aus irgendeinem Grund war Henry unglaublich ruhig, als seine Mutter ihn den langen Gang hinunter eskortierte, der zum Thronsaal führte. Das Gespräch, das er mit Nicole de Lancret geführt hatte, war so ganz anders gewesen als andere Unterhaltungen. Die Gräfin, eine völlig Fremde, hatte es gewagt, ihm zu widersprechen! Wie erfrischend es war, einer Person zu begegnen, die sich nicht vor ihm fürchtete und ihre Meinung äußerte, die furchtlos sagte, was sie dachte.

Als Henry und seine Mutter den Saal betraten, blickte sein Vater von einem Stapel von Dokumenten auf und schlug mit der Faust auf das Schreibpult.

»Ihr, Sire, werdet Euch fortan nur noch auf dem Schloßgelände aufhalten!«

Henry konnte ein Lachen nicht unterdrücken. »Stellt Ihr mich unter Hausarrest?«

»Ihr seid mein Sohn, und ich bin der König«, brach es aus Henrys Vater heraus. »Und ich werde mich durchsetzen ...«

»Oder?« unterbrach ihn Henry. »Werdet Ihr mich sonst wie einen Verbrecher nach Amerika verschiffen? Allein wegen Eures dummen Vertrags?«

Sein Vater sprang auf. »Ihr seid der Prinz von Frankreich!« rief er mit einem Gesicht, das so rot war wie eine reife Tomate.

»Und es geht um mein Leben!« entgegnete Henry scharf. Alle seit langem zurückgehaltenen Gefühle kamen in diesem einen Satz zum Ausdruck.

Seine Mutter schob sich zwischen die beiden. »Francis, setzt Euch, bevor Ihr einen Schlaganfall bekommt«, sagte sie beschwichtigend zu ihrem Mann. »Also ehrlich, Ihr beide ...«

Sie beugte sich zu Henry und schob ihm eine Haarlocke aus der Stirn. »Mein Lieber, du bist als Privilegierter geboren, und damit gehen auch bestimmte Verpflichtungen einher.«

Henry seufzte. »Vergebt mir, Mutter, aber die Ehe mit einem völlig fremden Menschen hat niemanden in diesem Saal bisher glücklich gemacht.«

Das knallende Geräusch des Szepters, das sein Vater auf den Marmorboden schleuderte, ließ ihn zusammenschrecken. »Ihr werdet Gabriella beim nächsten Vollmond heiraten, oder ich werde Euch mit allen möglichen Mitteln bestrafen!«

»So? Wie denn, Vater?« Henry konnte sich die Schärfe nicht verbeißen. »Komme ich in kochendes Öl oder auf die Folterbank?«

Der König erbleichte. »Ich werde Euch einfach die Krone verweigern und ewig weiterleben.«

Henry wußte, daß dies die einzige Drohung seines Vaters war, die er für erwähnenswert hielt. Aber sie stieß auf taube Ohren. »Gut. Einverstanden«, entgegnete er schlicht. »Ich will sie nicht.«

Henry wandte seiner besorgten Mutter und seinem wütenden Vater den Rücken zu und schritt aus dem Saal.

Danielle war unendlich erleichtert, als sie erfuhr, daß Maurice während seiner Gefangenschaft nicht allzu sehr gelitten hatte. Andernfalls hätte sie Rodmilla nie verziehen. Ohnehin verzieh sie ihrer Stiefmutter nicht: Maurice zu verkaufen, um ihre Steuern zu bezahlen, war unverzeihlich gewesen. Aber wenigstens konnte Danielle jetzt beruhigt sein. Nachdem sie Gustave das geliehene Kleid und die Juwelen zurückgegeben hatte, waren sie und Maurice, in ein wundervolles Gespräch vertieft, zum Herrenhaus zurückgelaufen, wobei sie in Erinnerungen an die Tage schwelgten, als Danielles Vater noch gelebt hatte – die ruhmreichen Tage des Manoir de Barbarac.

Ihr Heimweg führte sie durch ein Wildblumenfeld unweit des Herrenhauses. Danielle lächelte, als sie sich die bevorstehende Wiedervereinigung vorstellte. Louise, immer noch im ungewissen über das Schicksal ihres Mannes, war gerade im Garten hinter dem Haus und bückte sich, um Gemüse zu ernten.

Dann sah sie auf und bemerkte sie. Ihr Maurice war daheim! Im Nu lagen alle einander in den Armen – Maurice, Louise, Paulette und Danielle – und vergossen gemeinsame Tränen der Freude.

Immer noch spürte Danielle die Umarmungen ihrer Freunde auf der Haut, als sie den großen Saal des Herrenhauses betrat. Sie war so glücklich, daß sogar der Anblick ihrer Backgammon spielenden Schwestern sie nicht irritierte.

Bis sie Marguerite näseln hörte: »Jetzt gibt's Ärger.«

Bevor sie noch überlegen konnte, was die Bemerkung des unausstehlichen Mädchens bedeutete, wurde sie von einer groben Hand am Ohr gepackt, quer durch den Saal gezerrt und auf einen Stuhl gestoßen. Der winzige Wildblumenstrauß, den sie in der Hand gehalten hatte, wirbelte auf den Boden. Danielle blickte in Rodmillas wütendes Gesicht.

»Du dummes, dummes Mädchen!« kreischte Rodmilla. »Du weißt, wie wichtig das für mich ist! Und für Marguerite! Diese Angelegenheit macht mich noch ganz krank! Deine Täuschung, Danielle, lasse ich in meinem Hause nicht zu!«

Danielle rieb sich das mißhandelte Ohr. »Was habe ich denn gemacht?« erkundigte sie sich verblüfft.

»*Denk nach,* Danielle«, stieß Marguerite, die offensichtlich Vergnügen an der Verwirrung ihrer Stiefschwester fand, zwischen den Zähnen hervor. »Streng dich an.«

Wie können sie herausgefunden haben, daß ich mir das Kleid ausgeliehen habe? Oder was ich mit dem Prinzen am Schloß gesprochen habe? Danielles Gedanken rasten. Sie warf Jacqueline einen schnellen Blick zu.

»Das Pferd«, formte ihre Stiefschwester mit den Lippen.

Danielle schluckte vor Erleichterung. Sie wußten nichts. »Prinz Henry hat heute morgen unser Pferd gestohlen«, erklärte sie.

»Wirklich?« Rodmillas Stimme troff vor Ironie. »Na ja, das würde wohl erklären, warum er es heute nachmittag zurückbrachte!« Sie stampfte mit dem Fuß auf. »Wie kannst du es wagen, mich einer solchen Überraschung auszusetzen.«

»Es tut mir leid«, sagte Danielle leise.

Rodmilla fing an, im Saal auf und ab zu gehen. »Zum Glück für dich hat Marguerite die Situation durch ihren wunderbaren Auftritt gerettet. Sie und der Prinz hatten eine weitreichende Begegnung.«

Marguerite zupfte ihre Frisur zurecht. »Es würde mich nicht überraschen, wenn er wieder vorbeikäme.«

Danielles Pulsschlag beschleunigte sich. *Prinz Henry hier?* Wenn er sie in diesem Haus sähe, wäre das eine Katastrophe! Einmal war es ihr gelungen, ihn hereinzulegen und ihm einen falschen Namen zu nennen. Aber zweimal?

»Komm schon.« Rodmilla schnippte vor Danielles Gesicht mit den Fingern. »Ich muß genau wissen, was er sagte. Der einfachste Satz kann tausend Bedeutungen enthalten.« Sie beugte sich zu ihrer Stieftochter hinab und sah ihr in die Augen. »Er behauptete, du wärst energisch«, erklärte sie. »Was hast du gesagt?«

»Ich nannte ihn einen Dieb, Madame«, sagte Danielle. »Ich hatte ihn nicht erkannt.«

Mit einem großen Seufzer der Erleichterung umarmte Rodmilla sie. »Oh, Danielle, mein kleines Bauernmädchen. Nun mußt du besonders hart arbeiten, damit das Herrenhaus makellos wird. Wir können doch jetzt nicht zulassen, das der königliche Hintern auf einem schmutzigen Stuhl sitzt, oder?«

Danielle nickte stumm.

»Was macht *der* denn hier?« erkundigte sich Marguerite mit einer gereizten Geste zum Eingang. Dort standen Maurice und Louise mit ängstlichen Gesichtern.

»Ich habe Eure ... meine Schuld abgearbeitet, Madame«, sagte Maurice. »Man hat mich nach Hause geschickt.«

Auf Danielles Armen bildete sich eine Gänsehaut, während sie auf die Antwort der Baronin wartete.

Rodmilla betrachtete ihn eingehend. »Gut«, schnauzte sie ihn an und wies mit dem Kopf zum Hof hinunter. »Los, fang uns ein Huhn.«

Normalerweise klopfte der König nicht an, bevor er ein Zimmer betrat. Schließlich war er der König und dies sein Schloß. Aber angesichts der Bedeutung seines Gastes verlangte es die Etikette, daß er anklopfte. Doch wäre es ohnehin gleichgültig gewesen, denn Leonardo da Vinci war so sehr von seinem neuesten

Projekt in Anspruch genommen, daß er das höfliche Klopfen des Königs an der Tür gar nicht hörte.

König Francis nahm sich die Freiheit einzutreten und schritt langsam durch das Schlafzimmer des italienischen Meisters. Erstaunt bemerkte er die Muster und Modelle, die im Zimmer verstreut lagen. Skizzen waren an die Wände geheftet, Bücher stapelten sich unordentlich übereinander, und schmutzige Pinsel und Kohlestifte lagen kreuz und quer auf dem Boden herum. Der König war beeindruckt. Ganz offensichtlich befand er sich im Reich eines Genies.

»Wie ich höre, muß ich mich bei Euch bedanken, daß mein Sohn wieder zu Hause ist«, brach der König das Schweigen. Leonardo sagte nichts, ja, er blickte nicht einmal von seiner Arbeit auf. Der König räusperte sich. »Diese letzten Jahre waren nicht einfach. Er ist so … verwirrt.«

Leonardo schob die Skizze, an der er gearbeitet hatte, beiseite. »Verwirrt? Inwiefern, Sire?«

»Er möchte nicht König werden.« Als er diese Worte aussprach, war das Herz des Königs voller Verzweiflung.

»Warum nicht?« wollte Leonardo wissen. Er nahm eine mit einem Stück Stoff umwickelte Figurine auf und lief an Francis vorbei auf die Schloßmauer hinaus.

»Ehrlich gesagt, ich weiß es nicht«, sagte der König, der ihm folgte. »Vermutlich hat es damit zu tun, daß er die Familientradition nicht weiterführen will.« Vor ihm erhob sich ein majestätischer Anblick: ein blühender Sommerwald, das tiefe Wasser des Schloßgrabens, das im hellen Sonnenlicht glitzerte, dazwischen die Farbtupfer der eifrig ihren Aufgaben auf dem Schloßgrund nachgehenden Arbeiter. Wie konnte sein Sohn all dies nur ablehnen?

Leonardo stieß die Figurine von der Kante hinunter, und die beiden Männer sahen zu, wie sie wie ein Stein auf den Weg unter ihnen fiel. Leonardo seufzte. »Mein Vater wollte aus mir einen Rechtsgelehrten machen.«

»Das, Signore, wäre eine Tragödie gewesen.« Der König war empört.

Leonardos leuchtende Augen strahlten zu ihm hinauf. »Vielleicht erfährt Euer Sohn seine Berufung von einer Stimme, die nur er allein hört.« Abrupt lief er in die Kammer zurück.

Wieder folgte ihm der König mit vorgereckter Brust. »Wie ein Fels aus Granit, dieser Junge, aber auch ich bin ein Fels, und dazu sturer.«

Der Künstler zuckte mit den Achseln: »Dann sehe ich keine Lösung, Eure Majestät, außer natürlich, wenn einer von Euch zu einem Fluß würde.«

Zu einem Fluß? König Francis sah fasziniert zu, wie Leonardo einen undefinierbaren Gegenstand in die Hand nahm, von dem eine kleine Schnur herabhing, die er, indem er sie um den königlichen Finger wikkelte, zu einem Knoten band. »Und warum sollten wir das tun?«

Leonardo nahm den geknoteten Faden vom Finger des Königs ab. »Ein Fluß ist nun einmal viel stärker als ein Fels«, erwiderte er beiläufig.

»Fahrt fort.« König Francis war fasziniert.

»Ein Fluß bezieht seine Kraft aus seiner flüssigen Natur. Baut einen Damm, und das Wasser findet einen Weg um ihn herum.« Leonardo und der König wandelten wieder auf der Schloßmauer.

»Und dieser verfluchte Junge«, murmelte der König, »wie komme ich um ihn herum?«

Leonardo starrte auf die weite Natur, die sich unter ihnen erstreckte. »Darf ich in aller Demut zu bedenken geben, Sire, daß, falls Frankreich und Spanien ihre Allianz mit einem Vertrag bestärken wollen, dieser Vertrag zwischen den Königen bestehen sollte, nicht zwischen den Kindern. Ein Fluß verändert seinen Weg, Majestät, aber er findet immer einen Weg ins Meer.« Er reichte dem König das Bündel mit der Schnur. »Werft.«

König Francis warf das Stück Stoff in die Luft. Wie von Zauberhand wurde es von einer Windböe erfaßt, in die Höhe gerissen und dann fortgetragen.

»Wenn ich das nächstemal ratlos bin, erinnert mich daran, Euch zu befragen«, murmelte der König kaum hörbar. Während der Künstler sich wieder seiner Arbeit zuwandte, vertiefte sich der König in seine Gedanken. Signor da Vincis Rat war nachvollziehbar. Vielleicht gab es eine andere Lösung seiner Schwierigkeiten.

Mit einem kurzen Abschiedswort zu seinem neuen Freund eilte der König den Gang und die elegante Marmortreppe hinab, die sein Emblem, den feuerspeienden Salamander, trug. Mit großen, geschmeidigen Schritten verließ er das Schloß, lief über den Hof und an den getrimmten Gärten vorbei. Sekunden später bog er in eine von Bäumen umgebene, geheime Lichtung ein, von der er wußte, daß seine Frau und sein Sohn sie für ihre gemeinsamen Spaziergänge am späten Nachmittag bevorzugten. Und tatsächlich fand er sie dort, Arm in Arm unter dem efeubedeckten Spalier und in ein ernstes Gespräch über irgendeine Comtesse de Lancret vertieft.

Der König unterbrach sie. »Zu Ehren von Signor da Vinci habe ich beschlossen, einen Ball zu geben. Einen Maskenball. An dem Ihr«, er wies auf seinen Sohn, »und ich zu einem Kompromiß finden werden.«

»Einem Kompromiß?« wiederholte Prinz Henry. »Ihr?«

König Francis bedachte seinen Sohn mit seinem hoheitsvollsten Blick. »Wenn Liebe Euer Ziel ist, schlage ich vor, daß Ihr sie bis zu diesem Zeitpunkt findet. Denn in fünf Tagen, Schlag Mitternacht, werdet Ihr Eure Verlobung mit dem Mädchen Eurer Wahl bekanntgeben – oder ich werde sie für Euch verkünden. Sind wir uns einig?« Er war unendlich stolz auf sich. Sein Sohn konnte nicht behaupten, daß dieser Vorschlag unfair sei.

Einen Augenblick erwog ihn der Prinz. »Und was wird aus Eurem Vertrag?«

»Die Sorgen um Spanien überlaßt mir«, empfahl ihm der König. »Ihr habt größere Probleme.« Er nahm die Hand der Königin, und sie drückte seine Finger und schenkte ihm ein Lächeln, das sein nicht mehr ganz junges Herz schneller schlagen ließ.

»Wähle klug, Henry«, riet Königin Marie ihrem Sohn. »Eine Scheidung ist nur in England möglich.«

Henry nickte. »Danke, Vater.«

Der König nickte ebenfalls und wandte sich wieder dem Schloß zu. »Ich bin Frankreich«, flüsterte er zu sich. »Ich bin ein Fluß ...«

Kapitel 4

Rodmilla hielt das Pergament in Händen. Gierig überflog sie, was auf dem raschelnden weißen Papier stand. Eine Einladung zum königlichen Maskenball für sich und ihre Töchter. Ein besseres Geschenk hätte sie nicht bekommen können.

»Und die Verlobung?« erkundigte sie sich mit süßlicher Stimme bei dem königlichen Pagen, der in Erwartung ihrer Antwort an der Tür zum Herrenhaus stand.

»Abgesagt«, erwiderte er übereifrig. »Dem Gerücht zufolge muß er bis zum Abend des Maskenballs eine Braut gefunden haben.«

Rodmillas Blick verdüsterte sich. »Das läßt uns nicht viel Zeit.« Keine einzige Sekunde wollte sie verschwenden.

Während sie sich mit der Zunge über die Lippen fuhr, nahm sie die verschwitzte Hand des Pagen in ihre eigene kühle. Langsam und für den königlichen Bediensteten gut sichtbar, griff sie in ihre Tasche und zog einen Stapel Münzen hervor.

»Ich muß erfahren, wer die Konkurrentinnen sind«, begann sie und drückte mit verführerischem Blick dem Pagen eine Münze in die Hand. »Jede seiner Bewegungen«, fuhr sie fort und legte eine weitere Münze hinzu. »Seinen Tagesablauf«, fuhr sie fort und fügte abermals eine Münze hinzu, »und jede Kleinigkeit, die Ihr sonst noch herausfinden könnt.« Sie schüttete die restlichen Münzen in die Hand des Pagen und drückte sie so fest, daß er zusammenzuckte.

»Morgen mittag spielt er mit dem Marquis de Limoges Tennis«, plapperte der völlig aus der Fassung geratene Mann, dessen Gesicht ebenso rot war wie seine Jacke.

Rodmilla lächelte ein zuckersüßes Lächeln und streichelte ihm über die Wange. »Eine Haut von solcher Eleganz, die solche Härte verbirgt.« Sie zog eine unsichtbare Spur von seinem Ohr bis zu den zitternden Lippen. »Unsere gemeinsamen Intrigen sind mir richtig ans Herz gewachsen. Das wißt Ihr doch sicher.«

»Ich ahne es, Mylady«, hauchte er.

»Wenn meine Tochter Königin geworden ist, können wir vielleicht ein neues Arrangement treffen.«

Bevor der verwirrte Mann wußte, wie ihm geschah, hatte Rodmilla ihn zur Tür hinausgeschoben. Mit einem kurzen, koketten Lächeln schloß sie sie vor seiner Nase und fuhr sich abermals mit der Zunge über die Lippen.

Der Sieg war beinahe schon ihrer. Sie konnte ihn schmecken.

Danielle wiederum konnte beinahe den süßen, dikken Honig schmecken, mit dem sie ihre abendliche Tasse Kaffee zuckerte oder den sie von einem Löffel auf ein Stück Brot tropfen ließ, das von Rodmillas Mahlzeiten des Vortags übriggeblieben war. Anfangs hatte sie sich davor gefürchtet, sich um die Bienenkörbe kümmern zu müssen, aber nun gefiel ihr diese Arbeit. Es machte ihr Freude zu beobachten, wie sich die arbeitsamen Bienen unter den Rauchschwaden allmählich beruhigten, die von der Räucherschale in Danielles Hand zu ihnen hinüberzogen. Dann waren die fleißigen Tierchen ruhig genug, daß sie in den Bienenkorb greifen und eine Honigwabe herausziehen konnte. Vorsichtig schüttelte sie eine Handvoll Bienen ab, die auf der Wabe saßen, und wedelte sie in den Stock zurück. Dann reichte sie Paulette die Honigwabe, die sie sicher in ihrem Korb verstaute.

Auf der anderen Seite des Weges hängten Maurice und Louise gemeinsam Wäsche auf und lachten dabei wie ausgelassene Schulkinder.

»Ihr habt gestern Wunderbares geleistet, Kind. Wunderbares.« Paulettes Augen waren voller Bewunderung.

Danielle bewegte sich nach links und wedelte dabei vorsichtig mit der Räucherschale. »Ja, unser Zuhause ist gleich viel netter, nicht wahr?«

Paulette seufzte tief. »Ich hätte alles darum gegeben, um Euch wie eine Hofdame gekleidet und wie eine Dame mit dem Prinzen sprechen zu sehen.«

»Ich würde es eher ›ausschimpfen‹ nennen.« Danielle verzog die Nase. »Der Mann ist unerträglich.«

»Ja, das sagt Ihr nun schon den ganzen Tag.«

Danielle schob die Lippe vor. »Na und? Es stimmt jetzt ebenso wie heute morgen.«

»Aber meine Liebe, er ist eine Königliche Hoheit«, erinnerte Paulette. »Man wird so geboren.«

»Vermutlich wird Wohlstand also damit bestraft, daß man mit den Reichen leben muß.«

»Ich wette, daß er ganz bezaubernd ist, wenn man ihn erst näher kennt«, sagte Paulette wissend.

»Ehrlich, er und Marguerite haben einander verdient.« Danielle reichte der älteren Frau eine weitere Honigwabe.

»Sagt das nicht!« brach es aus Paulette hervor. »Der einzige Thron, auf dem ich *sie* sitzen sehen möchte, ist einer, den ich jeden Tag sauber machen muß.«

Prinz Henry (*Dougray Scott*) will unbedingt eine Frau heiraten, die er liebt.

Für Prinz Henry bringt Danielle sich in eine gefährliche Situation.

Danielle sah Paulette an, und die beiden brachen in Gelächter aus.

Freundschaften wie ihre machten das Leben eines Dienstboten sehr viel leichter.

Jacqueline zog den Bauch ein, um den letzten Haken ihres hellgrünen Kleides schließen zu können. Sie hatte geglaubt, es würde passen, aber nun merkte sie, daß ihr die Rippen weh taten.

Am besten zeige ich es Mutter und Marguerite und hole ihre Meinung ein, dachte sie. Sie durchquerte den Saal zum Zimmer ihrer Schwester, wobei sie sich gerade so schnell bewegte, wie es das enge Gewand zuließ.

Marguerites verschwenderisch dekoriertes Zimmer war eine Katastrophe. Die Schränke standen offen, leere Bügel hingen darin. Seidene Unterwäsche lag auf dem Bett verstreut, und ein riesiger Berg an schönen Gewändern war achtlos auf den Boden geworfen. Mitten in diesem Durcheinander standen Jacquelines Mutter und Schwester und unterzogen ein Kleid nach dem anderen einer strengen Prüfung.

»Oh, meine lieben Töchter, die Jahre haben es nicht gut mit uns gemeint, aber jetzt erweist sich, daß Gott uns helfen wird.« Jacqueline wußte, daß ihre Mutter über den königlichen Maskenball sprach. Seit die begehrte Einladung eingetroffen war, hatte es kein anderes Gesprächsthema mehr gegeben.

Rodmilla hielt ein Kleid hoch, damit Marguerite es betrachten könne. »Und was ist hieran falsch?«

Jacqueline wartete gespannt auf die Antwort. Das blaß geblümte Satingewand mit den hohen Puffärmeln, die sich bis zum Handgelenk erstreckten und dieses eng umschlossen, sah ihrer Meinung nach absolut wunderbar aus.

»Es ist blau!« rief Marguerite heftig aus.

»Henry ... liebt ... Blau.« Rodmilla sprach jedes Wort mit übertriebener Betonung aus.

Marguerite riß ihrer Mutter das Kleid aus den Händen und schleuderte es auf den Boden zu den vielen anderen. »Und fünfzig andere Mädchen werden genau die gleiche Farbe tragen.«

Jacqueline merkte, wie ihre Mutter einen stolzen Gesichtsausdruck bekam. »Sehr gut, Marguerite«, lobte Rodmilla.

»Das hier ist zu klein«, erklang die Stimme von Jacqueline, die nun den Raum betrat und auf ihr Kleid zeigte. Sie bemühte sich, die beißenden Stiche an den Stellen, wo das Kleid zu eng saß, nicht zur Kenntnis zu nehmen.

»Dann werden wir dir ein engeres Korsett besorgen«, antwortete Rodmilla ungeduldig und zog aus dem Stapel einen bestickten gelben Umhang hervor.

»Ich kriege aber keine Luft darin!« platzte Jacqueline heraus.

Rodmilla legte die Hände auf die Hüften. »Wenn man nicht atmen kann, kann man auch nicht essen.«

Jacquelines Gesicht verdüsterte sich. Ihre Mutter hatte recht, aber wenn sie nicht essen konnte, warum sollte sie dann überhaupt zu einem Maskenball gehen? Es würde ja doch Marguerites großer Abend sein. Jacqueline müßte sich ohnehin im Hintergrund halten – wie eine Wurst in das grüne Kleid gestopft.

Marguerite wedelte mit einem seidenen Unterrock vor dem Gesicht ihrer Mutter. »Mutter. Konzentrier dich. Bitte.«

Rodmilla sah ratlos aus. »Wenn ich nur wüßte, was du suchst!«

»Etwas, das einer Königin gebührt!«

Plötzlich kam Rodmilla ein Gedanke. Schnell zog sie die beiden Mädchen mit sich den Gang hinab in ihr Zimmer. »Kommt, meine Damen, ich habe genau das Richtige. Aber wir dürfen mit niemandem darüber sprechen.«

»Oh, ich liebe Geheimnisse!« rief Marguerite ausgelassen. Die Schwestern kauerten sich um ihre Mutter und sahen zu, wie sie die alte Zederntruhe an der Wand öffnete.

»Spare in der Zeit, so hast du in der Not«, summte die Baronin vor sich hin.

Jacqueline fielen fast die Augen aus dem Kopf, als ihre Mutter ein wundervolles, perlenbesetztes Kleid aus der Truhe zog.

»Ah, perfekt!« kreischte Marguerite.

Jacqueline fischte ein Paar exquisiter silberner Satinschühchen hervor, die unter dem Kleid sichtbar wurden. »Woher hast du die?« fragte sie verwundert.

»Das ist Danielles Aussteuer. Für ihre Hochzeit«, erklärte Rodmilla und verzog die Lippen zu einem verächtlichen Grinsen.

Marguerite ließ ein schnaubendes Geräusch hören. »Aschenputtel und heiraten? Wen denn, etwa den Schornsteinfeger?«

»Aber Mutter, wenn es doch ihr Kleid ist, vielleicht will sie es ja auf dem Ball tragen«, warf Jacqueline schüchtern ein.

»Seit wann gehen einfache Leute zu einem Fest am Königshof?« wollte Marguerite wissen.

»Nun ja … seit … noch nie«, gab Jacqueline zu. »Aber sie ist unsere Stiefschwester, und auf der Einladung stand …«

»Sie ist nicht von edlem Blut!« sagte Marguerite hitzig und griff nach dem Kleid.

»Auch ihr steht es zu, dorthin zu gehen!« protestierte Jacqueline. Das Ganze gefiel ihr nicht. Wie konnten sie Danielles Mitgift durchwühlen und in Erwägung ziehen, diese kostbaren Stücke selbst zu tragen?

»Und wer würde sie zur Kenntnis nehmen?« fragte Rodmilla. »Niemand!«

Angeekelt schüttelte Marguerite den Kopf. »Ehrlich, Jacqueline. Auf wessen Seite stehst du eigentlich?«

Jacqueline war wütend und wollte gerade die Frage beantworten, als eine Stimme sie alle aufschreckte.

»Was macht ihr da?« Gebeugt unter dem Gewicht der Holzscheite, die sie in den Armen trug, stand Danielle in der Tür.

»Nun, was glaubst du wohl, was wir hier tun?« entgegnete Rodmilla mit zuckersüßer Stimme. »Ich lüfte dein Kleid für den Maskenball aus.«

»Ihr Kleid?« Jacqueline runzelte die Stirn. »Aber du hast doch gerade gesagt ...«

Marguerite schoß ihrer Schwester einen bösen Blick zu, und Jacqueline verstummte sofort. Hatte sie das Ganze mißverstanden? Hatte sie etwas Falsches gesagt?

»Für ein einfaches Mädchen wird das vermutlich reichen müssen.« Marguerite schnipste verächtlich mit dem Fingernagel gegen den Stoff, während sie das Kleid Rodmilla zurückgab. »Ich meine, sieh es dir doch nur an – es ist ja praktisch eine Antiquität.«

»Ihr wünscht, daß ich auf einen Ball gehe?« fragte Danielle, offensichtlich überwältigt.

»Natürlich.« Rodmilla schien allein durch die Frage schon schockiert zu sein.

Jacqueline aber war wirklich schockiert. Ihre Stiefschwester war noch nie in irgend etwas einbezogen worden. Warum also jetzt? Dann durchfuhr sie ein

Frösteln, als sie sah, wie der eisige Gesichtsausdruck ihrer Mutter in ein falsches Lächeln überging. Auch diesmal war es nicht anders als sonst. Ihre Mutter schmiedete irgendeinen üblen Plan. Danielle würde nicht zu dem Maskenball gehen. Rodmilla ließ sie lediglich in dem Glauben.

»Ich weiß nicht, was ich sagen soll«, erwiderte Danielle schüchtern. Sie trat einen Schritt auf die Baronin zu, als wollte sie sie umarmen.

»Sagen?« Rodmilla erstarrte, und Danielle blieb stehen. »Ehrlich, Danielle, es tut mir weh, daß du dich nicht als meine Tochter fühlst.«

»Ich meinte doch nur ...«

»Ich dachte, wir könnten alle zusammen als eine große, glückliche Familie dorthin gehen.« Rodmilla zog eine Augenbraue hoch. »Das heißt, falls du deine Arbeiten rechtzeitig erledigst und sich bis dahin deine Manieren gebessert haben.«

Jacqueline ließ die Schühchen in die Truhe zurückfallen. Auch wenn Danielle in der nächsten Woche eine Heilige wäre, würde ihre Mutter einen Vorwand finden, um sie nicht gehen zu lassen. Angewidert von dem abstoßenden Verhalten ihrer Familie, eilte sie aus dem Zimmer.

»Was ist mit ihr?« fragte Danielle.

»Sie will nicht, daß du mitgehst«, hörte Jacqueline Marguerite sagen.

Jacqueline stürmte blindlings den dunklen Gang hinunter. Ärger stieg in ihr auf. Danielle war immer freundlich gewesen, hatte immer hart gearbeitet, aber das alles zählte nicht. Rodmilla und Marguerite hatten nicht die Absicht, Danielle auch nur in die Nähe des Maskenballs zu lassen.

Jacqueline fragte sich nur, wie sie sie daran hindern würden.

»Man hört, daß Eure Jagd heute morgen abgeblasen wurde«, sagte Leonardo von seinem Uferplatz aus. Neben ihm befand sich ein Wagen, aus dem er zwei hölzerne Apparate hervorzog, von denen jeder über einen Meter lang war und riesigen Schuhen ähnelte.

Henry nickte und ließ einen weiteren Stein über das kühle, dunkle Wasser tanzen. »Noch nie habe ich so viele Frauen spazierengehen gesehen. Es könnte glatt jemand dabei zu Tode kommen.«

Leonardo lächelte ihn ironisch an. »Oder verheiratet werden.«

Henry war zum Ufer hinuntergelaufen, um sich die Zeit zu vertreiben und nachzudenken. In diesen Tagen war er ruhelos. Würde er sich oder seinen Eltern einen Gefallen tun – worauf lief es hinaus? Sein Vater war großzügig gewesen, als er ihm die Möglichkeit gegeben hatte, sich selbst eine Braut auszusuchen, aber wenn er keine fand, was blieb ihm dann noch übrig?

»Glaubt Ihr wirklich, es gibt nur die eine passende Gefährtin?« wollte er von dem Künstler wissen.

»In der Tat, das glaube ich.«

Henry fuhr sich zerstreut mit den Fingern durch das Haar. »Wie kann man dann aber sicher sein, sie zu finden? Und wenn man sie findet, ist sie dann auch wirklich die Richtige, oder glaubt man das nur?« Er schleuderte wieder einen Stein ins Wasser. »Und was passiert, wenn die Person, die einem zugedacht ist, niemals auftaucht? Oder sie taucht auf, aber man ist so abgelenkt, daß man sie nicht bemerkt?«

Leonardo starrte in die Ferne. »Man muß lernen achtzugeben.«

»Wohl wahr«, stimmte Henry zu. »Sagen wir also, daß Gott zwei Menschen auf der Erde füreinander bestimmt und sie das Glück haben, einander zu finden. Aber einer von beiden wird vom Blitz getroffen. Was dann? Ist es das dann gewesen? Oder trifft man dann zufällig irgend jemand anderen und heiratet wieder? Ist das dann die Dame, die einem bestimmt war? Oder war es die erste?« Er wußte, daß er immer weiter abschweifte, aber er konnte seine Gedanken nicht im Zaum halten. »Und wenn dem so wäre und wenn die beiden nebeneinandergingen, wären sie dann beide für einen bestimmt und man nähme rein zufällig die eine zuerst? Oder wäre die andere bestimmt, die erste zu sein? Woher weiß man denn, was richtig ist?«

Leonardo war mit dem schuhähnlichen Gebilde beschäftigt. »Man kann nicht alles dem Schicksal überlassen, Junge. Es hat viel zu tun. Manchmal muß man ihm zur Hand gehen.«

Henry nahm an, daß er recht habe. Automatisch wanderten seine Gedanken zu der schönen Comtesse Nicole de Lancret. Was sie betraf, so war er durchaus willens, dem Schicksal zur Hand zu gehen. Wenn er sie nur wiedersehen könnte. Dann könnte er eine Antwort auf die Frage finden, die ihn seither in jeder Sekunde geplagt hatte – war er seiner Seelengefährtin begegnet?

Himmel, ist es heiß. Danielle zog den alten Schlapphut ab, den sie im Sommer trug, und wischte sich den Schweiß von der Stirn. Sie und Petit-Four, das Hausschwein, hatten seit Sonnenaufgang in den umliegenden Feldern nach Trüffeln gesucht. Petit-Four hatte den besten Riecher weit und breit. Wo er auftauchte, war keine Trüffel mehr sicher.

Sehnsüchtig dachte Danielle an den Fluß. Wie köstlich wäre es, wenn sie ihre dampfende Haut und die mit Blasen bedeckten Füße im Wasser abkühlen könnte. Das wäre nicht nur ein besonderer Genuß, es war auch nötig, entschied sie, als sie an ihrem schmutzigen Kleid und den Armen hinabsah. Sie konnte kaum nach Hause gehen, wenn sie selbst wie ein Schwein aussah. Nachdem Danielle sich entschlossen hatte, rannte sie über das Feld hinunter zum lockenden Fluß.

Sie entkleidete sich bis auf die Unterwäsche und glitt geschmeidig ins Wasser der Loire, das sie ergriff und mit sich trug. Nachdem sie einige Minuten herumgespritzt und sich erfrischt hatte, ließ sie sich auf dem Rücken liegend treiben und blickte träumend zu den Wolken hinauf. Sie genoß die Einsamkeit. Es war wundervoll, sich zu entspannen, von einer Welt zu träumen, wo die Trüffeln auf Baumstämmen wuchsen, wo man sonnige Tage unter Bäumen mit Lesen verbrachte, wo Familien voller Liebe und freundlicher Worte miteinander umgingen ...

»Hübscher Tag.«

»Oh!« schrie Danielle auf, schlug dann wild mit den Armen um sich und schluckte Wasser. Ein älterer Herr in voller Kleidung und mit gewaltigen Holzschuhen, die ihr so groß wie Pontonbrücken vorkamen, lief über das Wasser! Offensichtlich war der Mann ebenso erschrocken wie sie, denn als sie aufschrie, verlor er das Gleichgewicht und fiel kopfüber in den Fluß.

Eine Sekunde später tauchten die zwei großen Schuhe neben ihr an der Oberfläche auf, doch von ihrem Besitzer war nichts zu sehen.

Hustend und spuckend ergriff Danielle einen Schuh. Da tauchte der alte Mann an der Oberfläche auf und ergriff den anderen. Gemeinsam paddelten sie ans Ufer.

Dort wartete ein hochgewachsener junger Mann. »Signor da Vinci, seid Ihr in Ordnung?« fragte er den Alten und platschte durch das flache Wasser, um ihm zu Hilfe zu eilen.

»Ich sollte das Laufen auf dem Wasser dem Sohn unseres Herrgotts überlassen«, entgegnete da Vinci und wrang sich das Wasser aus dem Hemd. »Zum Glück bin ich über einen Engel gestiegen.« Er lächelte Danielle an.

Mit einem schwachen Lächeln blickte Danielle den jungen Mann an – und spürte, wie ihr Herz einen Satz machte.

»Gräfin?« fragte Prinz Henry, wie vom Blitz getroffen.

»Eu-Eure Hoheit?« stammelte Danielle und warf sich vor ihm in den Schmutz. *Oje, Moment mal. Ich bin ja eine Hofdame! Ich bin adlig!* Mit aller Würde, die sie aufbringen konnte, stand sie wieder auf und versuchte zu übersehen, daß ihre Haut von modrigem Flußschlamm und Grasbüscheln bedeckt war. »Vorsichtig, es ist hier sehr rutschig«, sagte sie hoheitsvoll.

»Hier, bitte, erlaubt mir«, sagte Henry sanft, nahm seinen Umhang ab und bot ihn ihr an.

Erst da wurde Danielle bewußt, daß der Augenblick, in dem sie sich in den Schmutz geworfen hatte, keineswegs der peinlichste gewesen war. In nasser Unterwäsche vor Prinz Henry und Leonardo da Vinci zu stehen war so ungefähr die demütigendste Situation, die sie je erlebt hatte.

Aber der Prinz konnte nicht galanter sein. Nachdem er ihr den Umhang um die bebenden Schultern gelegt hatte, führte er sie am Ufer entlang zu einem trockenen Wiesenstück. Dort setzten die beiden sich hin, und die Sonne wärmte ihre feuchten Körper. Etwas abseits durchsuchte Signor da Vinci seinen Wagen voller Erfindungen.

»Wo sind Eure Zofen?« erkundigte Henry sich freundlich.

Gute Frage. »Ich ... ähm, ich habe ihnen heute freigegeben«, antwortete Danielle.

Henry lachte. »Freigegeben? Wovon, vom Leben?«

Danielle antwortete von oben herab: »Es gibt Tage, an denen ich mir nichts sehnlicher wünsche, als allein zu sein.«

»Erzählt mir, Nicole de Lancret, warum habe ich nur den Eindruck, daß Ihr mir etwas verheimlicht?« Der Prinz blickte sie aufmerksam an, und sein Gesicht war nur Zentimeter von ihrem entfernt.

Danielle rutschte unruhig hin und her. »Vielleicht, weil Ihr zu genau hinseht.«

Beschämt zog der Prinz sich zurück. »Vielleicht. Ich fürchte, Mademoiselle, Ihr stellt für mich einen dauerhaften Widerspruch dar, und ich finde das ziemlich faszinierend.«

»Ich?« Danielle blinzelte. Jemand wie er fand jemanden wie sie faszinierend?

»Ja, Ihr.« Henry lehnte sich gegen ihre Schulter. »Ihr redet von den Idealen einer utopischen Gesellschaft und der Abschaffung des Klassensystems, und doch führt Ihr ein höfisches Leben.«

Danielle spürte, wie ihr Herz aus dem Takt geriet. Er war so schön, so bezaubernd ... so ... *so reich und außer Reichweite,* ermahnte sie sich. »Und Ihr besitzt das ganze Land und seid dennoch nicht stolz, es zu regieren. Ist das nicht ebenfalls ein Widerspruch?« fragte sie.

Prinz Henry schob die Unterlippe vor und gab sich ein störrisches Aussehen. »Zuerst bin ich arrogant, und jetzt besitze ich keinen Stolz. Wie schaffe ich das nur?« Er zwinkerte sie an.

»Ihr habt alles, und doch hält die Welt keine Freude für Euch bereit«, antwortete sie ernst.

Er zog einen Grashalm aus dem Boden und wikkelte ihn um seine Finger. »Wie macht Ihr das nur?«

Einen Moment lang fragte sich Danielle, wie es sich wohl anfühlen würde, wenn diese Finger sich um ihre schließen würden ... »Was machen?« fragte sie unvermittelt.

»Jeden Tag mit einer solchen Leidenschaft zu leben.« Prinz Henry lehnte sich auf seine Ellbogen gestützt zurück. »Findet Ihr das nicht anstrengend?«

»Nur wenn ich in Eurer Nähe bin«, antwortete Danielle neckend. »Warum macht es Euch nur Spaß, mich so zu reizen?«

Auf seinen vollen, blühenden Lippen breitete sich ein Grinsen aus. »Warum laßt *Ihr* Euch provozieren?«

Danielle wollte gerade antworten, als eine weibliche Stimme sie aus der Ferne rief: *»Danielle? Danielle!«*

Danielle sprang auf die Füße und entdeckte Jacqueline, die das Schwein an der Leine führte und sich die Hand zum Schutz vor der Sonne über die Augen hielt. Offensichtlich suchte Jacqueline sie, und wenn sie sie fände, würde Danielle sich eine gute Erklärung einfallen lassen müssen.

»Ihr müßt mich entschuldigen, Eure Hoheit. Ich habe die Zeit völlig vergessen«, sagte sie schnell.

»Aber der Wind.« Leonardo trat zu ihnen und hielt ein kunstvolles Werk aus Papier und Holz in den Händen. »Es ist perfekt.«

»Tut mir leid«, sagte Danielle, der Schweißperlen auf die Stirn traten. Nichts hätte ihr besser gefallen, als in Gesellschaft des weisen alten Künstlers und des Prinzen zu verweilen, aber es war unmöglich.

»Ich spiele morgen mit dem Marquis de Limoges Tennis«, sagte der Prinz voller Eifer. »Wollt Ihr kommen?«

Danielle warf Jacqueline einen letzten Blick zu. Sie und Petit-Four kamen immer näher. »Ich muß jetzt wirklich gehen.« Mit einem kurzen entschuldigenden Lächeln zog sie den Umhang aus, warf ihn dem Prinzen zu und lief schnell den Hügel hinauf. Noch im Rennen durchfuhr sie ein Gedanke: Wie hatte sie sich nur so plötzlich von einem einfachen arbeitenden Landmädchen in eine Hofdame verwandelt, die mit dem zukünftigen König Frankreichs gesellschaftlichen Umgang pflegte?

Ich weiß es nicht, dachte sie lächelnd. Sie griff nach ihren auf dem Boden liegenden Kleidern und rannte über das Feld nach Hause. *Aber mein Leben ist mit Sicherheit sehr viel interessanter geworden.*

Kapitel 5

»Paulette, wo sind die Kerzenhalter?« Rodmilla kniff in dem beinahe stockdunklen Speisesaal die Augen zusammen. »Wir können ja kaum noch unsere Teller sehen.«

»Sie sind nicht da, Mylady«, erwiderte Paulette. »Ich habe sie im ganzen Haus gesucht.«

Danielle stand neben Louise und Paulette am Ende des Saales und preßte ihre Hand fest um die Glaskaraffe aus glattem Kristall, die sie gerade trug. In letzter Zeit schien alle paar Tage etwas zu verschwinden. Und ihre Stiefmutter wurde immer zänkischer.

Marguerite warf Louise einen mißtrauischen Blick zu. »Auch das Gemälde im oberen Saal ist verschwunden. Es scheint, als hätten wir einen Dieb in unserer Mitte.«

Danielle spürte, wie die beiden älteren Frauen erstarrten. Ihr Mund wurde trocken. Daß plötzlich Gegenstände verschwanden, war ein Rätsel, aber mit Sicherheit hatte keine ihrer Freundinnen etwas damit zu tun.

Rodmilla knallte ihre Gabel hin. »So also behandelt ihr mich nach all den gemeinsamen Jahren. Die Besitztümer meines geliebten Gatten ... *verschwunden.*« Ihre Augen verengten sich, Augen, die jedes Jahr, seitdem Danielle sie ansehen mußte, mißtrauischer geworden waren. »Nun, ich werde euren gesamten Lohn zurückhalten, bis die verschwundenen Gegenstände wieder aufgetaucht sind. Habt ihr mich verstanden?«

»Ja, Madame«, erwiderten Paulette, Louise und Danielle. *Obwohl ich ohnehin keinen Lohn erhalte,* dachte Danielle ironisch.

Rodmilla nahm sich eine Scheibe Fleisch. »Vielleicht sollte ich euch mit den anderen Dieben nach Amerika schicken.«

»Oh, habt ihr nicht gehört?« fragte Jacqueline aufgeregt. »Der Prinz hat den König darum ersucht, all diese Männer freizulassen.«

»Nicht möglich!« rief Danielle aus und drückte die Karaffe fester an ihre Brust.

Wütend blickte Rodmilla sie an. Danielle errötete. Als Dienerin mußte sie so tun, als überhörte sie Gespräche, die bei Tisch stattfanden, aber das war ziemlich schwierig. Besonders, wenn darin etwas so Erstaunliches erwähnt wurde wie die Freilassung der Gefangenen durch den Prinzen!

»Auf königlichen Befehl muß jetzt jeder Mann, der segelt, ein Entgelt erhalten«, beendete Jacqueline ihre Ausführungen und nahm sich eine dicke Scheibe Brot.

»Entgelt?« Rodmilla schüttelte den Kopf. »Also ehrlich, was sind das heute nur für Zeiten?«

Marguerite beugte sich vor, wobei sie ihre Ellbogen auf den Eßtisch stützte. »Nun, ich würde zu gern wissen, wer diese Gräfin ist, von der jedermann spricht. Allein heute müssen zehn Leute bei Hof von ihr gesprochen haben und davon, wie der Prinz sich ihretwegen ereifert hat.« Sie schlug leicht gegen ihren Wasserkelch, und Danielle trat vor, um nachzufüllen.

»Wir werden herausbekommen, wer sie ist, und sie begraben«, schwor Rodmilla.

Danielles Hand zitterte so stark, daß sie überrascht war, als sie kein Wasser verschüttete. Sie wußte zwar von der wilden Entschlossenheit ihrer Stiefmutter, die ältere Tochter mit dem Prinzen zu verheiraten, doch der bösartige Ton in ihrer Stimme bei dem geringsten Hinweis darauf, daß Marguerite eine Rivalin haben könnte, erstaunte sie doch.

Daß Danielle selbst diese Rivalin war, ließ ihr Herz keineswegs ruhiger schlagen.

»Mutter!« rief Jacqueline aus, ebenfalls über Rodmillas wütenden Ton erschrocken.

»Auf der gesellschaftlichen Stufenleiter kann man leicht ausrutschen, Jacqueline.« Rodmillas Gesicht zeigte keine Sympathie. »Paß auf, daß du nicht herunterfällst.«

»Es ist Gotteslästerung …«, hob Jacqueline an.

»Liebling, in der Hölle kann es gar nicht schlimmer sein als in einem Haus auf dem Lande.« Rodmilla steckte sich ein köstliches Trüffelstück in den Mund. »Diese Trüffeln sind großartig, Danielle. Danke.«

Danielle nickte und dachte dabei an den Menschen, mit dem sie nach der Trüffelsuche zusammengewesen war.

Auch er war ziemlich großartig gewesen.

Henry lächelte gezwungen, als Pierre le Pieu ihm sorgfältig einen Helm auf den Kopf setzte. *Ob wir wohl jemals fertig werden?* fragte er sich erschöpft. Er warf Captain Laurent und einigen seiner Soldatenfreunde einen verzweifelten Blick zu. Seit Stunden waren sie nun im Thronsaal, und Henry mußte unendliche Anproben und Anpassungen über sich ergehen lassen, während le Pieu, der Hofwaffenmeister, letzte Hand an seinen neuen Waffenrock legte. Zwar kannte sich der Mann mit Waffen aus, aber ansonsten fand Henry ihn äußerst unangenehm. Sein

Atem roch schlecht, seine Zähne waren Stümpfe, und er hatte eine Art, um einen herumzuhuschen, die Henry höchst störend fand.

»Oh, verzeiht mir bitte, Sire«, keuchte le Pieu, als der Metallhelm genau an der Stelle auf Henrys Stirn schürfte, wo die Äpfel des Dienstmädchens ihn getroffen hatten.

Henry zuckte zusammen. »Das ist dieser dumme Bluterguß.«

»Und auch noch von niemand Geringerem als einem Dienstmädchen«, erinnerte ihn Captain Laurent.

»Mir gefällt eine Frau, die sich wehrt«, sagte le Pieu, dessen dünne Lippen sich zu einem anzüglichen Grinsen verzogen.

Henry zog die Augenbrauen hoch – keine einfache Aufgabe mit dem festsitzenden Helm. »Vielleicht erklärt das, warum Ihr unverheiratet seid, Sir.«

»Aber an Gesellschaft mangelt es mir nie«, erwiderte le Pieu vertraulich, während er langsam um den Prinzen schlich.

»Gekaufte und bezahlte Gesellschaft, Ihr schleimiger Bastard«, sagte Captain Laurent angespannt. Es war allgemein bekannt, daß le Pieu zwar nicht der attraktivste Junggeselle mittleren Alters im Königreich war, aber dafür einer der reichsten. Sein Geld schien ständig für Nachschub an Damen zu sorgen, von denen nicht alle einen guten Ruf hatten.

Le Pieu war ungerührt. »Wir alle bezahlen zwangsläufig, Captain. Für manche ist es ein Vorschuß.«

Ein paar Soldaten lachten. Henry nutzte die Unterbrechung in der Unterhaltung, um sein Schwert zu ziehen. Er und Laurent fingen mit einem spielerischen Duell an.

»Und was ist mit der Liebe, Monsieur?« fragte

Henry le Pieu, während er sich an dem Klang des Metalls erfreute, als sein Rapier die Luft durchschnitt. *Zisch.* »Ist Eure Seele so zufrieden, daß Ihr ohne sie leben könnt?«

»Ich bin ein anspruchsloser Mann, Sire. Ich nehme, was ich kriegen kann.«

»Aber sicher gibt es doch irgend jemanden«, beharrte Henry neckend, während Laurents Schwert seines kreuzte. »Ein Gesicht, das Euch in der Nacht nicht schlafen läßt?«

»Es gibt ... jemanden, Eure Hoheit. Ein einfaches Bauernmädchen«, erwiderte der Waffenmeister und rieb sich die Hände.

»Ein Bauernmädchen?« Für einen Augenblick ließ Henrys Konzentration nach, und Laurent plazierte schnell seinen Stoß. »Au!« Henry rieb sich die im Waffenanzug steckende Schulter und tat so, als wäre er verletzt. »Le Pieu, Ihr überrascht mich. Ein einfaches Mädchen vom Lande?«

Le Pieu zuckte die Schultern. »Und doch finde ich ihren Geist berauschend.«

»Berauschend.« Henry ließ sich das Wort durch den Kopf gehen. Er selbst hatte ein paar berauschende Erfahrungen in der letzten Woche gemacht. »Gut gesagt.«

Laurent verdrehte die Augen. »Gebt ihm jetzt bloß kein Stichwort, le Pieu. Die Geschichte mit der Comtesse de Lancret hört ja nie mehr auf.«

»De Lancret?« wiederholte le Pieu. »Der Name ist mir nicht bekannt.«

»Ja«, erwiderte Henry niedergeschlagen. »Niemandem.« Er hatte im ganzen Königreich Erkundigungen eingezogen, aber die schöne Comtesse de Lancret war ein völliges Rätsel. Er fing allmählich an zu glauben, daß er sie sich nur eingebildet hatte.

Aber konnte er sich auch jedesmal, wenn er an sie dachte, seinen rasenden Pulsschlag oder das Beben in seinem Herzen einbilden?

Nein, hatte er überlegt. Das konnte er nicht.

Das waren die echtesten Gefühle, die er je empfunden hatte.

Marguerite wedelte sich mit einem kleinen Papierfächer Kühlung zu. An einem warmen Sommertag in einer Sportarena zu sitzen und einem Tennisspiel zuzusehen war nicht gerade das, was sie sich unter einer vergnüglichen Freizeitbeschäftigung vorstellte – außer, wenn die Spieler der Marquis de Limoges und Prinz Henry waren.

Das machte ihr Leiden sehr viel erträglicher.

Leider ging es vielen anderen Frauen auch so. Marguerite ließ den Blick über die Zuschauerreihen wandern. Wo sie auch hinsah, saßen schöne Mädchen neben ihren besorgten Müttern.

»Mutter, sieh doch, wie hübsch Lulu du Près geworden ist«, flüsterte Marguerite und starrte die große Rothaarige in dem eleganten Seidenkleid an.

»Sie hat sich ganz nett entwickelt, nicht wahr?« gab Rodmilla widerwillig zu.

Marguerite sah an ihrem Kleid hinunter und strich sich den Rock glatt. »Aber sie ist doch nicht hübscher als ich?« fragte sie besorgt. Sie biß sich auf die Lippe. »Oder?«

Ihre Mutter hörte nicht zu. Statt dessen war sie in ein Gespräch mit Celeste und Isabelle verwickelt. *Diese Viehbremsen sind aber auch überall, wohin wir gehen!* dachte Marguerite verärgert.

»Meine Töchter und ich haben gerade festgestellt, wie atemberaubend Lulu du Près geworden ist«, vertraute Rodmilla ihnen mit erhobener Stimme an.

Isabelle nickte. »Genau wie wir, Baronin.«

»Sie ist eine Vision«, warf Celeste ein.

»Welch ein Segen, daß diese schrecklichen Pusteln sich noch nicht auf ihrem Gesicht ausgebreitet haben«, bemerkte Rodmilla. »Ts, ts.«

Marguerite konnte sehen, wie das Lächeln aus den Gesichtern der beiden Hofdamen verschwand. *Mutter ist so klug!* staunte sie und blickte mit unverhohlener Bewunderung zu Rodmilla empor.

Von ihrer Mutter konnte sie wirklich noch eine Menge lernen, soviel stand fest.

Danielle atmete tief die Luft des frühen Morgens ein. Sie liebte den Markttag. Den Wagen mit Äpfeln und Trauben zu beladen und ins Dorf zu fahren war nicht einfach, aber es brachte Abwechslung in den Alltag, ein anderes Tempo. Was auch immer man haben wollte, konnte man auf dem Dorfplatz finden: erlesene Fleischstücke, frische Eier und Milch, köstlichen, in Baumwolltücher gewickelten Käse. Ganz zu schweigen von den Barbieren, die Vorbeigehende zu einem Haarschnitt zu überreden versuchten, den Dentisten, die Zähne zogen, und den Puppenspielern, die herrliche Vorstellungen zum besten gaben.

Sorgfältig verstaute Danielle die Erzeugnisse hinten im Wagen. Der Anblick war wichtig. Je anziehender ihr Obst und Gemüse wirkten, desto wahrscheinlicher würde es gekauft und am selben Abend noch irgendwo auf den Tisch gebracht werden.

»Und ich habe über die Ungerechtigkeiten geschimpft, während er tatsächlich etwas daran geändert hat«, sagte Danielle zu Louise. Seit dem Augenblick, als ihr zu Ohren gekommen war, daß der Prinz den Gefangenen die Freiheit geschenkt hatte, rasten ihre Gedanken. Hatten ihre Worte ihn derart stark beeinflußt? *Es waren meine Worte, aber nicht ich habe sie ausgesprochen. Es war die Comtesse de Lancret.* Bei der Erinnerung daran bildete sich in ihrem Bauch ein verworrenes Knäuel.

»Vielleicht habt Ihr ihn dazu angeregt«, schlug Louise vor und steckte sich eine Traube in den Mund.

»Wenn ich an diesem Ufer gewesen wäre, hätte ich den Mund gehalten und mir alle Möglichkeiten offengehalten«, zog Paulette sie auf.

»Nie mehr werde ich diese Frau sein«, sagte Danielle leise.

»Warum nur, meine Liebe?« Paulettes Augen weiteten sich vor gespielter Überraschung. »Ihr habt es so gut angestellt. Noch ein paar Tage, und wir würden Zeugen einer Revolution.«

Danielle starrte niedergeschlagen auf ihre Füße, die in abgetretenen Schuhen steckten.

Louise knuffte Paulette in den Arm. »Oh, sei still, du alte Schachtel, siehst du denn nicht, daß sie sich auch so schon schlecht genug fühlt?«

»Ich mach' ja nur Spaß, alte Schnecke«, gab Paulette zurück. »Wenn es so schlecht lief, wie sie denkt, warum hat er sie dann zum Tennis eingeladen?«

»Du meinst die Comtesse«, warf Danielle düster ein.

Paulette zwickte Danielle in die Wange. »Ich meine *Euch.*«

Seufzend wandte Danielle sich einer alten Landfrau zu, die ihr ein paar Äpfel abkaufen wollte. *Wer bin ich? Danielle, das Dienstmädchen, oder Nicole, die Comtesse?* Mit wildem Gesichtsausdruck warf sie einen faulen Apfel vom Wagen. *Oder bin ich jemand ganz anderes?*

»Danielle de Barbarac, Ihr werdet jede Woche hübscher.«

Danielle ließ eine Traube fallen, die sie gerade in der Hand hielt. Diese Stimme würde sie überall erkennen. Der näselnde Tonfall gehörte Pierre le Pieu, einem der widerwärtigsten Junggesellen des Dorfes. Aus irgendeinem Grund schien er ein Auge auf sie geworfen zu haben.

»Und Ihr, Monsieur le Pieu, verschwendet Eure Schmeicheleien«, erwiderte sie höflich. Zum Glück hatte sie Paulette und Louise bei sich. Beschützend traten die beiden Frauen an ihre Seite.

»Schade, daß Euer Boden der beste in der Provinz ist und doch so schlecht gepflegt wird.«

Ein nervöser Schauer jagte Danielles Rücken hinunter. Der alte Bock sprach nicht von dem Farmland am Herrenhaus – er sprach von ihr. Die Vorstellung, mit ihm zusammen zu sein, erweckte in ihr einen Brechreiz.

»Wir haben begrenzte Mittel«, sagte Paulette brüsk.

»Gibt es irgend etwas, das ich tun könnte?« erkundigte sich le Pieu.

»Vielleicht solltet Ihr mit der Baronin darüber sprechen und Euch hier auf den Einkauf beschränken«, riet Louise, die Danielle fest am Arm nahm.

Le Pieu kam dicht heran. »Ich würde darüber lieber mit Danielle sprechen, wenn Ihr nichts dagegen habt.« Er streckte einen knochigen Finger aus und schob ihr eine eigenwillige Haarsträhne aus dem Gesicht. »Ich mag zwar doppelt so alt sein wie Ihr, liebes Kind, aber ich bin gut ausgestattet, wie im übrigen mein Gut beweist. Ich habe schon immer eine Schwäche für die Armen und Unglücklichen gehabt. Ihr braucht einen reichen Wohltäter, und ich brauche eine junge, geistreiche Dame …« Er verstummte.

Danielle durchwühlte ihren Wagen und fand

schließlich genau das richtige Obststück für ihn. »Eine alte Pflaume gefällig?«

Le Pieus Lächeln wurde säuerlich. »Nein, diese Woche kaufe ich nichts.« Er sah Danielle von oben bis unten an. »An Eurer Stelle wäre ich vorsichtig. Ohne meine Großzügigkeit würde es mit Eurer kümmerlichen Landwirtschaft bald zu Ende sein.«

Danielle beobachtete, wie der hochmütige Tropf durch den vollen Marktplatz abzog, und seine Abschiedsworte hallten warnend in ihrem Kopf wider.

Was um alles in der Welt konnte le Pieu nur gemeint haben? Inwiefern war er je großzügig zu ihr gewesen?

Henry hatte sich nichts Ernstes dabei gedacht – sie nur zu einem kleinen Spaziergang über den Markt mit ihm und der königlichen Garde eingeladen –, aber Marguerite tat so, als hätte er ihr eine Diamantenkrone auf einem silbernen Tablett angeboten. Zuvor hatte sie in der Arena seinen Tennisball gefangen. Als er ihn sich zurückholte, hatte ihn ihr attraktives Aussehen beeindruckt ... und die Tatsache, daß ihr äußerst sinnlicher Busen ihn aus einem tief ausgeschnittenen Kleid geradezu ansprang.

Doch eines war sicher: Sie war keine Comtesse de Lancret.

Aber wer ist das? flüsterte eine hämische kleine Stimme in seinem Ohr. *Du weißt nicht, ob du sie je wiedersehen wirst. Du weißt nicht einmal, ob sie existiert, und du mußt bald eine Frau finden, oder dein Vater wird deine Braut wählen ...*

Und hier war nun die hübsche Marguerite, die jedes seiner Worte verschlang.

Er beschloß, das Beste aus der Situation zu machen.

»Hier«, sagte er und bot ihr eine Praline von einem Tablett an, das einer seiner Diener trug. »Noch nie habt Ihr etwas so Köstliches probiert.«

Marguerite blieb mitten auf der Straße stehen, schloß die Augen und öffnete weit den Mund.

Leicht peinlich berührt, legte Henry ihr eine Praline auf die Zunge.

»Schmeckt sie Euch?« fragte er.

»Ob sie mir schmeckt?« Sie riß die Augen auf. »Also wirklich, sie ist geradezu eine Sünde!« rief sie verzückt aus. »Wie heißt das?«

»Schokolade. Die spanischen Mönche senden uns ganze Blöcke davon. Hättet Ihr gern noch ein Stück?«

Gierig schloß Marguerite die Augen und öffnete ihren sinnlichen Mund.

»Ich, ähm, denke, wir können das mit geöffneten Augen tun«, murmelte Henry.

Marguerite sah ihn verführerisch an. »Dann würde ich ja die Vorfreude verpassen.«

Bevor er sich mit ihr stritt, schob er ihr noch ein Stück Schokolade in den Mund. Ohne auf ihre kleinen Entzückensseufzer zu achten, blickte er zu zwei älteren Frauen hinüber, die Hühner verkauften. Ihre Kleider waren abgetragen und verblichen, ihre Hände faltig, aber sie lachten und sprachen, als wären sie die reichsten Frauen im Königreich. Hinter ihnen war ein Stall voller Hühner, und eine dritte Frau, die er nur von hinten sah, kümmerte sich um die Tiere.

Für eine Weile hing er seinen Gedanken nach. »Marguerite, findet Ihr mich arrogant?« fragte er plötzlich.

»Nein, Eure Hoheit«, versicherte sie. »Und wer das glaubt, kennt Euch nicht.«

Der Prinz seufzte. »Nun, jemand sagte zu mir, daß unser Landvolk den Charakter dieses Landes präge.«

»Die betreffende Person hat gewiß gescherzt«, entgegnete Marguerite geziert.

Die Augen der Comtesse waren so ernst gewesen, ihre Sprache so direkt ... »Nein, hat sie nicht.« Er wies mit dem Kopf zu den beiden Frauen. »Sollen wir uns das ansehen?« Langsam gingen sie zu dem Wagen der Frauen hinüber.

Mit wachsender Besorgnis starrten Louise und Paulette dem sich nähernden Prinzen und Marguerite entgegen. Danielle, die hinter dem Hühnerkäfig verborgen war, konnte nicht sehen, daß der Prinz herankam. Louise klopfte ihr leicht auf den Rücken, Danielle drehte sich um und hielt dabei ein sich windendes Huhn in festem Griff. Und da war er! *Der Prinz!* Vor Schreck riß sie die Augen weit auf.

Bevor er ihr Gesicht erkennen konnte, schrie Danielle auf und warf ihm den gackernden Vogel entgegen. Überall wirbelten Federn auf. Sämtliche Hühner im Käfig gerieten in Aufruhr, alles kreischte und schlug mit den Flügeln.

Die königliche Garde schrie durcheinander und griff nach den Waffen.

Während der Prinz damit beschäftigt war, das Huhn von seinem Gesicht fernzuhalten, versteckten Louise und Paulette Danielle unter dem Wagen. Dabei wirbelten ihre Röcke vom aufgeregten Hinundherlaufen wild um ihre Beine.

Marguerite war den Tränen nahe. Ganze Büschel von Federn klebten auf der zur Schau gestellten Brust.

Dann hatte sich die Aufregung gelegt. Henry rieb sich die Augen. Louise und Paulette lächelten ihn unschuldig an, und jede hielt ein Huhn in Händen. Verwirrt kratzten sich die königlichen Gardisten an den Köpfen. Marguerite hatte sich noch eine Praline in den Mund gestopft und die letzte Feder beiseite gewischt.

Rodmilla stürzte herbei. »Was sollte das?« kreischte sie Louise und Paulette an. »Wolltet ihr den Prinzen zu Tode erschrecken?«

»Wir waren nur überrascht, das ist alles!« protestierte Paulette.

Henry sah die beiden Dienstboten an. »Seid Ihr nur zu zweit?«

Louise nickte. »Und das … äh … Huhn, Eure Hoheit.«

»Das ist ja merkwürdig«, murmelte er. Er hätte tausend Franken gewettet, noch eine dritte Frau gesehen zu haben.

Frauen, die sich in Luft auflösen. Das passierte ihm in letzter Zeit ziemlich häufig.

»Und dann sagte er etwas Wunderbares«, schwärmte Marguerite auf dem Stuhl neben dem Wasserbekken. »Er sagte: ›Zweifellos werde ich Euch bei dem Maskenball sehen.‹ Einfach so. Also, ich bin fast nach Hause geschwebt.«

Danielle fuhr mit dem Seifenstück durch Rodmillas fettiges schwarzes Haar und schäumte es kräftig auf. In jahrelanger Erfahrung hatte sie gelernt, gleichzeitig kräftig wie auch sanft zu sein, und sie achtete darauf, den Kopf ihrer Stiefmutter zu massieren, indem sie sorgfältig nur die Fingerspitzen, nicht die Nägel benutzte – auch wenn dieses ganze Gerede von dem Prinzen und dem Maskenball ihr nicht behagte.

»Ehrlich, Mutter, *ich* habe doch den Tennisball gefangen, und *sie* hat die ganze Schokolade bekommen«, sagte Jacqueline schmollend.

»Ich bin stolz auf euch beide, Mädchen«, erklärte Rodmilla. »Und jetzt müssen wir unseren Schönheitsschlaf bekommen. Der Prinz geht jeden Morgen in die Acht-Uhr-Messe.«

Danielle trat zur Seite, als ihre Stiefschwestern Rodmilla auf die Wange küßten und dann den Raum verließen. Sie nahm eine Kanne mit lauwarmem Wasser und goß es langsam über Rodmillas Haar.

»Wir müssen auf eine schnelle Verlobung drängen«, dachte Rodmilla laut. »Oh, Paris zu Weihnachten! Kannst du dir das vorstellen?« Sie sah zu Danielle auf. »Nein, ich glaube nicht, daß du das kannst.«

Danielle blickte zu der Frau hinab, die auf dem Stuhl unter ihr saß, eine Frau, die sie kaum kannte, ganz zu schweigen davon, daß sie sie verstand.

»Was starrst du denn so an?« schnauzte Rodmilla.

»Nichts, Madame.« Schnell spülte Danielle das Haar aus und drückte das Wasser heraus.

»Dann hör auf damit«, forderte Rodmilla sie auf. »Es ist nicht höflich, so zu starren. Du solltest bessere Manieren annehmen.«

»Ja, Madame.«

Rodmilla richtete sich auf, und nachdem Danielle ihr nasses Haar mit einem Handtuch trockengetupft hatte, begann sie, es zu kämmen.

»Meine Mutter war auch streng zu mir, weißt du«, sagte Rodmilla mit leicht gedämpfter Stimme. »Sie lehrte mich, daß Sauberkeit direkt nach Göttlichkeit komme. Überzeugt, daß ich nie sauber genug sei, wusch sie mir zwanzigmal am Tag das Gesicht. Aber ich war sehr dankbar. Sie wollte aus mir das Beste machen.« Sie seufzte zufrieden. »Und jetzt bin ich Baronin – und Marguerite wird Königin werden.«

»Sie ähnelt Euch so sehr«, sagte Danielle und zog den Kamm bis unten durch Rodmillas Haar.

»Meinst du wirklich?«

»Ich habe gehört, wie die Leute vom Hof in der Stadt über Euch sprachen, und ...«

»Was wissen die denn?« rief Rodmilla aus, so daß Danielle zusammenfuhr. »Sie wissen gar nichts! Das ist nur Gerede und dummes Gerücht!« Sie schwieg. »Was wurde denn geredet?«

»Man bewundert Eure Schönheit«, antwortete Danielle.

»Oh.« Rodmilla richtete ihre Nase in die Höhe. »Nun. Sie sind nur höflich.«

Unvermittelt stand Rodmilla auf, schob Danielle den Stuhl zu und drehte ihr Gesicht zu dem vergoldeten Spiegel, der an der Wand der Schlafkammer hing.

Sie hob eine Strähne von Danielles Haar und ließ sie wieder fallen. »Schade, daß du deine Mutter nie kennengelernt hast. Sicher ist irgendwo an dir auch ein Stück von ihr.«

In Danielle wurden Gefühle aufgewühlt. Selten sprach sie über ihre Mutter. Der Gedanke an das, was hätte sein können, war zu schmerzhaft. Ihre Mutter war in dem Moment gestorben, als Danielle ihren ersten Atemzug tat, und ohne ihr Verschulden hatte ihre Tochter Kindheit und Jugendjahre in einem einsamen Meer aus Zweifeln und Unsicherheit verbracht.

»Ich wünschte, ich wüßte, wie sie aussah«, flüsterte sie, und ihre Augen füllten sich mit Tränen. Sie senkte den Blick, aber Rodmillas fester Finger hob ihr Kinn hoch.

»Wir dürfen nie Mitleid mit uns haben. Egal, wie schlimm alles ist, es kann immer noch schlimmer werden.«

Danielle nickte. »Ja, Madame.«

»Du hast soviel von deinem Vater«, sagte Rodmilla. »Manchmal kann ich ihn tatsächlich aus deinen Augen blicken sehen.«

»Wirklich?« Danielle lächelte durch ihre Tränen hindurch.

Rodmilla betrachtete sie. »Deine Gesichtszüge sind so männlich«, klagte sie. »Und dann bist du auch noch von einem Mann aufgezogen worden. Kein Wunder, daß du für harte Arbeit geschaffen bist.«

»Habt Ihr meinen Vater geliebt?« wagte Danielle zu fragen. Eine so persönliche Frage hatte sie ihrer Stiefmutter noch nie gestellt.

Es war ein Fehler.

Rodmillas Gesicht wurde eisig. »Ich kannte ihn kaum«, entgegnete sie kalt. »Geh jetzt. Ich bin müde.«

Danielle lief rückwärts aus dem Zimmer. Eine Geste der Freundlichkeit von ihrer Stiefmutter wäre zuviel der Hoffnung gewesen.

Diesen Fehler würde sie nicht noch einmal begehen.

Kapitel 6

Danielle lief mit wehendem Haar im Zickzack zwischen den Heuhaufen hin und her. Signor da Vincis Erfindung war das Unglaublichste, was sie je gesehen hatte.

»Flugdrachen«, hatte er es genannt, als er ihr die mit Garn umwickelte Holzspule gereicht hatte. Das Garn war an einem hölzernen Kreuz befestigt und hielt ein großes Stück bemaltes Papier, das wie zwei an den Längsseiten festgeklebte Dreiecke aussah. Sie hatte seither den Flugdrachen nicht mehr aus den Augen gelassen; sie liebte das Gefühl, wenn er sich hoch in die Lüfte erhob. Danielle ließ den Drachen in der sanften Sommerbrise steigen, bis sie ihn schließlich wieder etwas einholte.

»Meine Stiefmutter rechnet mit einer schnellen Verlobung zwischen Marguerite und dem Prinzen«, erzählte sie Gustave.

Der stand in der Nähe über eine Leinwand gebeugt und malte sorgfältig das königliche Schloß, das sich in der Ferne erhob. »Und was heißt das für dich?«

Danielle stand neben ihm. »Nun, vermutlich würden sie alle in den Palast ziehen, und ich könnte im Herrenhaus bleiben«, erklärte sie. »Alles würde sich ändern. Nur das ist wichtig.« Wenn Rodmilla und die Mädchen das Herrenhaus verließen, würde ein Traum für sie wahr werden. Sie wagte kaum, ihn zu träumen.

Gustave wies mit dem Pinsel auf sie. »Du magst ihn, gib's zu.«

»Nein.« Der Drachen flog fröhlich dahin, ein Farbklecks am hellblauen Himmel.

»Ich glaube, wenn du ihn wiedersähest, würdest du einfach ...«

»... auf ihn zugehen und sagen: ›Eure Hoheit, meine Familie ist Eure Familie. Bitte nehmt sie mit Euch.‹« Sie machte einen Hofknicks.

»Na ja, deine große Chance ist bereits im Anmarsch, er ist nämlich auf dem Weg hierher.«

Danielle wurde blaß. Sie wirbelte auf ihrem Absatz herum und sah, wie Prinz Henry über die Felder auf sie zugaloppiert kam, während die königliche Kutsche hinten an der Straße wartete. Blitzschnell zog sie den Drachen ein, warf ihn zu Boden und stürzte dann Hals über Kopf hinter einen Heuhaufen.

»Ich suche Signor da Vinci«, sagte der Prinz zu Gustave. »Wir wollen zusammen zum Kloster heute. Habt Ihr ihn gesehen?«

»Da Vinci?« Gustave tat so, als verstünde er nicht, wovon die Rede war.

Danielle spähte mit einem Auge hinter dem Heuhaufen hervor.

Der Prinz wies ungeduldig auf den Drachen zu Gustaves Füßen. »Ist das nicht sein Fluggerät? Woher habt Ihr es?«

»Von, äh, der Comtesse de Lancret«, antwortete Gustave. »Sie ist eine Freundin von ihm.«

Prinz Henry packte ihn am Arm. »Ihr kennt sie? Bitte, ich muß sie finden. Wo wohnt sie?«

Danielle glaubte, in Ohnmacht zu fallen.

»Ich glaube, Eure Hoheit, sie wohnt bei einer Cousine ... der, äh, Baronin Rodmilla de Ghent.«

Henry biß sich auf die Lippe. »Hm. Das ist allerdings ein Problem.«

Verzweifelt schoß Danielle aus ihrem Versteck auf. »Halt den Mund!« formten ihre Lippen in Panik, als Gustave zu ihr hinblickte. Dann versteckte sie sich hinter einem anderen Heuhaufen. Er würde noch alles ruinieren!

»Aber zufällig weiß ich, daß sie jetzt im Moment dort ist, und zwar ganz allein«, kam Gustave dem Prinzen entgegen.

»Ausgezeichnet.« Der Prinz blickte von Gustaves Kittel voller Farbspritzer auf sein Gemälde. »Das ist hübsch.« Mit einem knappen Nicken galoppierte er davon.

Danielle brauste hinter dem Heuhaufen hervor. »Gustave, du schreckliche kleine Schnepfe!«

Aber auf Gustaves Gesicht lag ein träumerischer Ausdruck. »Hast du das gehört? Ihm gefiel meine Arbeit!«

Danielle packte ihn bei den Schultern. »Und er ist jetzt auf dem Weg zu meinem Haus!«

Er grinste sie an. »Dann solltest du die Beine in die Hände nehmen.«

Plötzlich verwandelte sich ihre ganze Panik in Erregung.

Vielleicht hatte Gustave ja die richtige Idee gehabt.

Sie raste davon.

Danielle lief durch Bäche und Pfützen, daß es nur so spritzte. Sie rannte durch Weizenfelder und dann den staubigen Weg entlang, der zum Herrenhaus führte. Ob es Fortuna war, die ihr zulächelte, oder einfach altmodisches Glück – jedenfalls gelang es ihr, die Küche zu erreichen und die Tür zu schließen, als der Prinz gerade zum Manoir de Barbarac heraufgaloppiert kam.

Als Paulette eine Minute später die Tür öffnete,

war Danielle fertig. Schnell hatte sie sich ein besticktes blaues Kleid übergezogen, das Marguerite vor Monaten schon weggelegt hatte.

»Eure Hoheit, welch unerwartete Überraschung.« Danielle schob sich ihr juwelenbesetztes Stirnband zurecht und strich sich über ihr frisch gekämmtes Haar in der Hoffnung, daß keine verräterischen Spritzer oder Blätter darin steckten.

Mit einem verschmitzten Grinsen lehnte der Prinz sich gegen den Türpfosten. »Ihr seid nicht in der Kirche?«

»Meinem Glauben ist fern von der tollwütigen Menge besser gedient«, sagte sie ernst.

Sein Mund zuckte. »Ich fürchte, der Erlaß meines Vaters hat für viel Aufregung gesorgt.«

»Wie Ihr, als Ihr diese Leute freigelassen habt. Warum habt Ihr es mir nicht gesagt?« wollte sie wissen.

Henry lächelte. »Weil Ihr ein so hübsches Loch um Euch herum gegraben habt.«

Sie lächelte zurück. »Wißt Ihr, ich bin gezwungen, Euch neu einzuschätzen.«

»Die Franziskaner haben eine erstaunliche Bibliothek. Da Ihr so gerne lest, dachte ich, daß Ihr mich vielleicht begleiten könntet.«

Danielles Puls beschleunigte sich. Natürlich hatte sie von dem auf den Klippen gelegenen Kloster gehört, aber nie hatte sie daran gedacht, es tatsächlich einmal zu besuchen. »Das ist nicht fair, Sire. Ihr habt meine Schwäche entdeckt, aber ich kenne noch nicht die Eure.«

Der Blick des Prinzen wurde sanft. »Ich dachte, sie wäre ganz offensichtlich.«

Bei diesem Kompliment breitete sich eine leichte Röte auf ihren Wangen aus.

Danielle ist mutig und sie weiß sich zu wehren.

Leonardo (*Patrick Godfrey*) ist Danielles und Henrys bester Freund.

Rodmillas Tochter Marguerite soll auf dem Ball die Schönste sein.

Längst weiß Prinz Henry, daß Danielle die Frau seiner Träume ist.

Ein Moment des Schweigens verstrich, dann traf die königliche Kutsche zusammen mit einem wichtig aussehenden Gardisten an der Tür des Herrenhauses ein.

»Captain Laurent, ich brauche weder mein Pferd noch Eure Dienste«, rief der Prinz dem Gardisten zu. Er bot Danielle seine Hand an. »Heute bin ich einfach ... Henry.«

Als sie ihre Hand in seine legte, konnte Danielle kaum glauben, wie ihr geschah.

Wenn es nicht so verrückt geklungen hätte, hätte sie schwören können, daß sie dabei war, sich zu verlieben.

Rodmilla hatte tausend stumme Dankesworte gesprochen, als der königliche Page vor der Messe draußen an der Kathedrale ihre Kutsche angehalten hatte. Als er ihr den in ein Taschentuch gewickelten Gegenstand in die Hand drückte und ihr zuflüsterte, was er war, hätte sie beinahe sein pickeliges Gesicht geküßt.

Nun, da die Messe vorüber war, bahnte sie sich einen Weg zur Kutsche des Königs und der Königin, ihre Töchter dicht hinter sich. Während sie einen übelriechenden Bettler zur Seite stieß, schüttelte sie das Taschentuch auf und gab Marguerite heimlich dessen Inhalt: ein kostbares goldenes Medaillon.

»Beeil dich, Marguerite, jetzt oder nie.«

Marguerite spürte die Dringlichkeit, hielt die Kette fest umklammert und fing die Königin ab.

»Verzeiht mir, Eure Majestät, aber ich glaube, Ihr habt dies hier auf dem Weg aus der Kirche verloren.« Sie hielt ihr das Medaillon hin.

Königin Marie faßte an ihren Hals. »Meine Güte, ich erinnere mich nicht einmal, es angelegt zu haben. Danke, Kind. Ich muß sagen, daß es wirklich ein außergewöhnlicher Mensch sein muß, der ein so unschätzbar wertvolles Andenken zurückgibt.«

Marguerite verneigte sich so tief, wie es nur menschenmöglich war. »Ihr seid zu großzügig, Majestät.«

Rodmilla beobachtete mit angehaltenem Atem, wie der König und die Königin Blicke austauschten und der König mit einem Nicken sein Einverständnis signalisierte. Die Zofe der Königin flüsterte dieser Marguerites Namen ins Ohr.

»Marguerite.« Die Königin lächelte sie an. »Wir werden uns morgen unterhalten, Ihr und ich. Bringt Eure Mutter mit.«

Bescheiden schlug Marguerite die Augen nieder. »Wie Ihr wünscht.«

Rodmilla steckte das leere Taschentuch in ihre Tasche. *Bald haben wir es geschafft, meine Lieblinge …*

Ungezwungen lief Henry durch den mahagonigetäfelten Raum. Das Kloster war wie eine zweite Heimat für ihn, mit seinen Tausenden Büchern und den Tischen, an denen schweigende Franziskanermönche sorgfältig damit beschäftigt waren, die alten Bände mit peinlicher Genauigkeit abzuschreiben.

Mit Vergnügen beobachtete er, wie die Frau, die er für Nicole hielt, langsam die Gänge hinablief und dabei ihre Finger über die Bücher gleiten ließ.

»Wählt eines aus«, ermutigte er sie.

Danielle schüttelte den Kopf. »Genausowenig könnte ich meinen Lieblingsstern am Himmel wählen.«

»Was berührt Euch nur so daran?« wollte er wissen, unfähig, die Augen von ihr zu lassen. Ihre Haut leuchtete, und ihre Augen schienen heller als jeder Stern am Himmel.

»Vermutlich, daß mein Vater, als ich klein war, immer am Abend zu mir kam und mir vorlas«, erinnerte sie sich. »Er war süchtig nach dem geschriebenen Wort, und ich schlief immer zum Klang seiner Stimme ein.«

»Was für Bücher las er?« fragte Henry.

»Naturwissenschaftliches. Philosophie.« Danielle zuckte die Schultern. »Vermutlich erinnern sie mich an ihn. Als er starb, war ich acht. *Utopia* war das letzte Buch, das er mitbrachte.«

»Was erklärt, warum Ihr daraus zitiert.« Henrys Herz öffnete sich der jungen Frau, die ihren Vater verloren hatte, der ihr offensichtlich ein wunderbares Vorbild gewesen war.

Danielle strich noch immer mit einer Hand über die Bücherreihe. »Mehr als irgendeinen Klang in der Welt möchte ich noch einmal seine Stimme hören.«

Henry dachte darüber nach und lief dann auf die Treppe zu.

»Stimmt etwas nicht?« fragte sie, ihm folgend.

»In all meinen Studienjahren hat nicht ein einziger Tutor je die Leidenschaft gezeigt, die Ihr mir in den letzten beiden Tagen vorgeführt habt. In einer Eurer Erinnerung liegt mehr Überzeugung als in meinem ganzen Wesen.«

Sie blickte ihn mit offenem Mund an. »Das stimmt nicht!«

»Was glaubt Ihr, wer diese Leute freiließ, die für Amerika bestimmt waren?« fragte er.

»Ihr.« Ihre schönen Augen blickten verwirrt.

»Nein, Ihr wart das!« rief er aus. »Nie hätte ich sie wahrgenommen ohne Eure Augen. Deshalb konnte ich Euch am Fluß nicht davon erzählen – ich schämte mich so.«

Danielle berührte seinen Arm. »Eure Hoheit, wenn ich irgend etwas gesagt oder getan habe, das ...«

Henry schüttelte sie ab. »Bitte nicht. Es liegt nicht an Euch.«

Danielle lächelte ihn an. »Da habt Ihr recht.« Sie verließ das Gebäude und ließ Henry hinter sich, der in sich hineinlachte, während er ihr folgte.

Das war vielleicht eine Frau – wie froh er war, sie auf seiner Seite zu haben.

Besonders heute.

Denn als eine halbe Stunde später auf der Straße außerhalb der Dordogne ein Rad seiner Kutsche brach, war sie die einzige, die eine vernünftige Lösung wußte.

Henry war es schrecklich peinlich. Die Kutscher und Lakaien boten an, das Gefährt zur Reparatur zurück zum Kloster zu bringen. Und als er sich gerade erkundigen wollte, was ihnen das wohl nützte, nickte Danielle zustimmend. »Das ist gut so. Wir werden zu Fuß weitergehen.«

»Aber die Strecke beträgt einen halben Tagesmarsch, Comtesse!« protestierte Henry. Eine Comtesse, die auf dem Lande zu Fuß ging? Das war noch nie vorgekommen!

»Also wirklich, Henry«, schalt Danielle ihn neckend. »Wo bleibt Euer Sinn für Abenteuer?«

Jacqueline hatte die Arme eng vor der Brust verschränkt, als ihre Kutsche durch das Tor zum Herrenhaus und bis vor die Eingangstür fuhr.

Und auch als sie ausstieg, hielt sie sie weiter verschränkt.

»Nun, meine Damen, wir dürfen uns unserer Sache nicht allzu sicher sein«, sagte Rodmilla. »Der Prinz war heute nicht in der Kirche, und wir müssen herausbekommen, warum.«

Während Marguerite mit bauschendem Rock an

ihr vorbeilief, stampfte Jacqueline mit dem Fuß auf. »Marguerite wird alles erlaubt!«

»Ach, sei doch nicht blöd, Jacqueline«, schnauzte ihre Schwester sie an. »Die Königin weiß nicht einmal, daß es dich überhaupt gibt.«

»Was Marguerite tut, kommt uns allen zugute, Liebling«, sagte Rodmilla tröstend. »Ich zähle auf deine Hilfe, sie herzurichten.«

»Na, bravo«, brummte Jacqueline. »Als nächstes werde ich wohl auch noch mit Danielle den Kamin säubern.«

»Wo ist das Mädchen überhaupt?« fragte Rodmilla und blickte sich suchend um.

»Wahrscheinlich fängt sie gerade Kaninchen mit den bloßen Zähnen«, sagte Marguerite und kicherte über ihren kleinen Witz.

Paulette begrüßte sie an der Tür. »Ich bitte um Verzeihung, Mylady, aber der vergoldete Spiegel in Eurer Kammer: Habt Ihr ihn entfernt?«

»Natürlich nicht, warum?« wollte Rodmilla wissen.

»Er ist weg.« Paulettes Gesicht war aschfahl.

Rodmilla wedelte mit der Hand durch die Luft. »Dann muß er von eurer Bezahlung abgezogen werden.«

Auch wenn sie nicht gerade ihre Freundinnen waren, so wußte Jacqueline doch, daß Paulette und Louise nichts stehlen würden, was zum Herrenhaus gehörte.

Aber wenn nicht die Dienstboten, wer dann?

Henry kratzte sich den Kopf, wobei er Danielles Blikken auswich. »Man sollte doch meinen, daß ich den Weg zu meinem eigenen Schloß finde.«

Warum nur kümmern Männer sich nie um die Him-

melsrichtung? dachte Danielle verärgert, während sie ihr Kleid und die Schuhe auszog, sie zur Seite warf und den Felsen hinaufkletterte. Nicht, daß ihr der Tag mit dem Prinzen nicht gefiel, aber sie mußte schließlich nach Hause. Sie prüfte die Landschaft. »Ah, da ist es! Wir müssen in diese Richtung«, rief sie zu ihm hinunter.

Henry wandte sich um. »Und ich kann immer noch nicht glauben, daß ich hier unten bin, während Ihr dort oben seid. Und dazu auch noch in Unterwäsche!«

Danielle zog die Brauen hoch. »Ich konnte ja wohl kaum in diesem Kleid heraufklettern, oder? Außerdem könntet Ihr Euch Euren königlichen Hals brechen, und was dann?«

»Ihr schwimmt allein, klettert auf Felsen, befreit Dienstboten.« Er lachte. »Gibt es etwas, das Ihr nicht tut?«

»Fliegen.« Sie winkte ihn fort. »Jetzt dreht Euch um, damit ich wieder hinunterklettern kann.«

Gerade hatte sie den ersten Spalt im Fels entdeckt, als sie durch einen Schrei aus der Tiefe beinahe ihr Gleichgewicht verlor. Nur eine Sekunde lang hatte sie ihm den Rücken zugewandt, und schon war Henry von zwölf berittenen Männern umzingelt – und einer von ihnen richtete ein Schwert und einen Dolch auf den Prinzen. Eine Bande von räuberischen Zigeunern!

Danielle stöhnte auf.

»Bleibt oben, Madame!« rief Henry. »Wir haben Gesellschaft bekommen!«

Als sie das aufeinanderschlagende Metall von Schwertern vernahm, ergriff Danielle eine kräftig aussehende Liane und ließ sich damit vom Felsen auf den Boden hinab.

Der Schurke, der sein Schwert gezogen hatte, sah lüstern zu Danielle hinauf, dann hob er mit der Spitze seiner Waffe ihr Kleid vom Boden auf. »Meine Frau dankt Euch für dieses hübsche Gewand, Mademoiselle.«

Danielle ließ sich weiter hinab. »Ihr werdet mir mein Kleid zurückgeben, Sire«, rief sie ruhig.

»Laßt das Mädchen gehen!« mischte sich Henry ein und gab Danielle ein Zeichen, sich aus der Angelegenheit herauszuhalten.

»Und Euch hier zurücklassen?« rief sie. »Das glaube ich kaum.«

»Nichts wird von ihm übrig sein, wenn ich mit ihm fertig bin!« drohte der Mann mit dem Schwert.

»Mit mir fertig?« Henry hob sein Schwert in die Höhe. »Na so was, häßliche, lausige Kröte!« Die beiden Männer fingen an zu kämpfen, und metallene Klänge und keuchender Atem erfüllten die Luft.

Als sie nur noch einen Meter über dem Boden war, gelang es Danielle, einen Mann mit einem Tritt mitten ins Gesicht zu Boden zu werfen. Dann sprang sie auf den Mann, der Henry angriff. Aber bevor sie ihm einen gezielten Tritt verpassen konnte, hatte ihr ein anderer Zigeuner ein Messer an die Kehle gedrückt.

Mit bebender Brust stand Henry da. »Laßt sie gehen. Euer Interesse gilt doch nur mir.«

Der Anführer der Zigeuner nickte seinem Spießgesellen zu. »Laß sie.«

Der Mann zog das Messer zurück, aber Danielle rührte sich nicht. »Ich bestehe darauf, daß Ihr mir sofort meine Sachen zurückgebt! Und da Ihr mich meiner Begleitung beraubt, fordere ich obendrein ein Pferd.« Hoch aufgerichtet stand sie da und fixierte jeden einzelnen Zigeuner.

Der Anführer fing an zu lachen. »Mylady, Ihr dürft alles mitnehmen, was Ihr tragen könnt.« Die übrige Bande stimmte in das Lachen ein, und bald bogen sich alle Zigeuner vor Heiterkeit.

»Gebt Ihr mir hierauf Euer Wort, Sir?« fragte Danielle gleichmütig.

»Auf meine Zigeunerehre. Was immer Ihr tragen könnt.«

Mit festem Schritt lief Danielle an ihren auf dem Boden liegenden Kleidern vorbei und hob den Prinzen auf. Sie brauchte nur eine Sekunde, um sein Gewicht richtig zu verteilen, dann verneigte sie sich kurz vor dem Anführer der Zigeuner und lief durch den Wald davon.

Nicht umsonst hatte sie seit Jahren täglich zehn Eimer Wasser getragen.

»Wartet!« rief der Anführer der Zigeuner, dessen Stimme in dem Gelächter seiner Männer unterging. »Bitte, kommt zurück! Ich werde Euch ein Pferd geben.«

Danielle grinste den Prinzen an, der sie mit einer Mischung aus Heiterkeit und Entsetzen anlächelte.

Eine Jungfer in Not? Ha!

Gegen die Höhlenwand gelehnt, genoß Henry den süßen Geschmack des Grappa, den er zusammen mit den Zigeunern trank. Natürlich wäre er nie mit ihnen geritten und hätte nie mit ihnen angestoßen, wenn sie nicht versprochen hätten, Nicole und ihm während der Nacht Schutz in einer Höhle zu gewähren. Liebevoll starrte Henry die Comtesse an, die sich neben ihm auf dem Boden niedergelassen hatte. Sie war so schön, mit ihren langen zerzausten Haaren und ihrem von der Hitze des Lagerfeuers geröteten Gesicht …

»Ihr versucht, meine Gedanken zu lesen, Mylord«, sagte Danielle, als er einen Krug mit Grappa auf die kalte Erde abstellte.

»Und sie sind genauso wirr wie meine eigenen, Comtesse.« Henry nahm den Krug, leerte ihn bis auf den letzten Tropfen und fiel dann schlagartig nach hinten zurück. Mit wildem Gelächter purzelte Danielle neben ihn.

»Ihr seid der Stolz Eures Königreichs, Sir«, erklärte sie, noch immer lachend.

Henry stierte an die Decke. Plötzlich versank alles um ihn herum im Nebel. »Oh, mein Kopf dreht sich«, flüsterte er.

»Und mir war noch nie so schwindlig«, vertraute Danielle ihm an, während sie sich von einer Seite auf die andere wälzte.

Henry stützte sich auf einen Ellbogen. »Dann … hört auf, Euch zu bewegen.« Sanft nahm er ihr Gesicht in seine Hände und zog sie zu sich.

Ihre Lippen trafen aufeinander.

Auch Henry war noch nie so schwindlig gewesen.

Schwindlig vor Liebe.

Der nächste Morgen kam viel zu früh. Henry hätte ewig die schlafende Comtesse in den Armen halten können. Widerstrebend setzte er sie auf das Pferd eines Zigeuners und brachte sie zum Haus ihrer Cousine zurück, zum Manoir de Barbarac. Dort standen sie nun vor dem Tor.

Als der Prinz ihr vom Pferd half, ließ er seine Hände leicht auf ihrer Taille ruhen, froh darüber, daß sie sie nicht wegschob. Er wußte, daß er ziemlich vertraulich war, aber nach den Küssen der letzten Nacht sehnte er sich in ihrer Gegenwart ganz besonders nach Zärtlichkeit.

»Ihr habt mir das Leben gerettet, wißt Ihr«, sagte er zu Danielle. »Dort im Wald.«

»Ein Mädchen tut, was es kann, Sire«, antwortete sie, und ihre Augen leuchteten im Licht des frühen Morgen.

»Henry«, verbesserte sie der Prinz.

»Henry«, wiederholte Danielle sanft.

Wieder küßten sie sich. Ihr Mund war warm und einladend, und obwohl er mit beiden Beinen fest auf dem Boden stand, glaubte Henry zu schweben.

Er hatte schon viele Frauen geküßt. Aber keine hatte sein Herz so berührt wie diese.

Sie trennten sich voneinander, küßten sich dann noch einmal – ein Hauch von einem Kuß. Mit einem letzten strahlenden Lächeln in seine Richtung lief Danielle den Weg zum Haus hinauf.

»Nicole?« rief Henry, der auf jede erdenkliche Weise den Abschied verlängern wollte.

Sie drehte sich um.

»Kennt Ihr die Ruine von Amboise?« fragte er.

»Ja.«

»Ich gehe oft dorthin, wenn ich allein sein will. Würdet Ihr mich morgen dort treffen?«

Sie sah ihn mit undurchdringlichem Blick an. »Ich will es versuchen.«

»Dann werde ich den ganzen Tag dort warten«, versprach er. Er schwang sich auf das Pferd und galoppierte nach Hause.

Nur wenige Dienstboten waren bereits auf, als Henry das Schloß erreichte. Es überraschte sie, ihn schon zu so früher Stunde auf den Beinen zu sehen. Und falls irgend jemand sich fragte, ob er die Nacht über fortgewesen war, so wagte doch keiner zu fragen.

Er bedachte sie mit einem knappen Nicken, rannte

die Treppe hinauf und stürzte in das Schlafgemach seiner Eltern. Dort packte er die schweren Vorhänge und zog sie zur Seite. Helles Sonnenlicht fiel auf den Boden – und in die Augen seines Vaters.

»Kopf ab!« murmelte der, während er die letzten Traumfetzen abschüttelte.

Seine Mutter streckte sich und schüttelte ihren Mann dann leicht. »Wacht auf, Francis. Anscheinend hat Euer Sohn uns etwas mitzuteilen.«

Das hatte er in der Tat. »Mutter, Vater. Ich möchte eine Universität bauen. Mit der größten Bibliothek auf dem Kontinent. Dort soll jeder studieren können, ungeachtet seines Ranges.« Während er sprach, spürte er ein leichtes Schwanken in den Beinen.

Der König und die Königin tauschten Blicke aus.

»Soso. Wer seid Ihr, und was habt Ihr mit unserem Sohn gemacht?« erkundigte sich der König, halb im Scherz.

»Und ich will die Zigeuner zum Maskenball einladen«, fuhr Henry fort. Noch bevor seine Eltern antworten konnten, verließ er den Raum bereits wieder.

»Was ist nur mit ihm los?« hallte die Stimme des Königs den Gang hinunter.

Die Königin lächelte nur. »Er ist verliebt.«

Kapitel 7

Langsam legte sie ihm die Arme um den Hals und übersäte sein Gesicht mit Küssen. Sein seidiges schwarzes Haar glitt durch ihre Finger, als sie flüsterte: »Henry, ich muß Euch etwas sagen. Ich bin nicht die, für die Ihr mich haltet. Mein Name ist nicht Nicole. Ich heiße Danielle, und ich …«

Hart stieß er ihr in die Rippen. »Ihr habt mich angelogen?«

»N-Nein«, setzte sie an und rieb sich die Stelle, wo er sie getroffen hatte. »Ich meine, nicht absichtlich. Ich …«

Wieder stieß er sie. »Gestern abend war ich bei Eurem Haus. Wo wart Ihr?«

Der Prinz war beim Herrenhaus gewesen? Plötzlich verschwamm alles vor ihren Augen, einschließlich Henrys schönen, fein geschnittenen Gesichts. »Ich …«

Noch ein Stoß, diesmal in den Bauch.

»Wo warst du?«

Mit flatterndem Lidschlag öffnete Danielle die Augen. Rodmilla stand vor ihr und hielt den alten Holzbesen fest umklammert. *Nun, das ist mal ein ganz neues Bild. Rodmilla mit dem Besen …*

Drohend schüttelte ihre Stiefmutter sie und machte Anstalten, ihr einen weiteren Stoß zu versetzen.

»Ich habe mich verirrt«, murmelte Danielle, als ihr klar wurde, daß sie nur geträumt hatte.

»Das glaube ich nicht«, schrie Rodmilla. »Du verheimlichst mir etwas. Ich spüre es! Und ich verlange zu wissen, was es ist.«

»Dann sagt *Ihr* mir bitte, was das sein soll, damit ich wieder schlafen kann.« Danielle gähnte.

»Was ist mit unserem Frühstück?« drang Marguerites näselnde, jammernde Stimme von der Tür zu ihr.

»Ihr habt zwei Hände«, murmelte Danielle. »Bereitet es Euch selbst.« Sie rollte sich wieder zu der warmen Kugel zusammen, die sie einige Minuten zuvor noch gewesen war.

Marguerite ließ ein Keuchen hören. »Was, du fauler kleiner Blutsauger!«

»Jacqueline, geh Wasser kochen«, sagte Rodmilla, die Danielles Weigerung ruhig hinnahm.

»Ich soll Wasser kochen?« Jacqueline schüttelte den Kopf. »Oh, wußte ich es doch. Ich habe es genau gewußt.«

Danielle hörte nicht die Klagen um sie herum – und auch nicht den merkwürdigen Tonfall, mit dem ihre Stiefmutter ihre Reaktion hinnahm.

Schon schlief sie wieder ... und träumte von dem Prinzen.

Spät an diesem Nachmittag schleppte Danielle sich aus dem Bett und schlurfte zum Brunnen hinaus, wo sie sich kaltes Wasser in das aufgedunsene Gesicht spritzte. In ihrem ganzen Leben hatte sie sich noch nie so müde gefühlt, aber sie wußte: Wenn sie sich nicht bald in Bewegung setzte, mußte sie es teuer bezahlen.

Sie hatte recht.

»Herrin, Ihr solltet besser schnell dort hineingehen!« warnte Paulette sie mit unterdrückter Stimme von einem der oberen Fenster aus.

Was mag Rodmilla jetzt wollen ... noch eine Schale Marmelade? Soll ich das Feuer schüren? Was es auch war, sie mußte es tun. Schnell wischte sie sich die

Hände am Rock ab und tupfte sich die Wangen mit dem Ärmel trocken. Dann eilte Danielle durch das Haus bis zu Rodmillas Schlafzimmer. Die Stimmen darin waren aufgeregt, wenn auch unterdrückt. Danielle stieß die Tür auf. Rodmilla und Jacqueline saßen auf dem Bett. Vor ihnen befand sich Danielles Aussteuertruhe – geöffnet. Mitten im Zimmer stand Marguerite und hielt das Hochzeitskleid von Danielles Mutter hoch.

»Ah, seht einmal, wer uns endlich mit seiner Gegenwart beehrt«, höhnte Rodmilla.

Danielle starrte das Kleid an, das Marguerite mit gierigen Händen umklammert hielt. »Was tut Ihr da?« fragte sie mit erstickter Stimme.

Marguerite fuhr sich mit der Hand durch das Haar. »Ich probiere mein Kleid an.«

Danielle schnappte nach Luft.

Rodmilla lachte höhnisch. »Glaubst du ernsthaft, daß ich dich nach diesem Auftritt heute morgen irgendwohin gehen lasse?«

Undeutlich erinnerte sich Danielle an Worte über Frühstück und Wasser kochen, aber der Anblick ihrer Aussteuer reichte.

Sie lief zur Truhe, riß die silbernen Satinschühchen heraus und hielt sie schützend an ihre Brust gepreßt. »Die gehören meiner Mutter!«

»Ja, und die ist tot«, sagte Marguerite kalt.

Der deutliche Klang einer auf eine Wange aufklatschenden Hand erscholl, als Danielle ihrer Stiefschwester die kräftigste Ohrfeige verpaßte, zu der sie fähig war. Zu ihrer Befriedigung fiel Marguerite unter dem kraftvollen Hieb stolpernd zu Boden.

Aber Danielle war noch nicht fertig.

»Ich werde Euch die Haare ausreißen!« rief sie und jagte Marguerite um das Bett und aus dem Zimmer.

Während sie hinter ihrer Stiefschwester den Gang entlangjagte, loderte heißes Feuer in ihr. Wie konnte Marguerite es wagen, mit ihren schmierigen Händen irgend etwas zu berühren, das Danielles Mutter gehört hatte?

Keuchend folgte Danielle Marguerite in den großen Saal. Einige Minuten lang spielten sie Katz und Maus, wobei Marguerite sich hinter Möbeln duckte, die Danielle zur Seite schob, und Marguerite verzweifelt nach links und rechts auszuweichen versuchte, um Danielles wütendem Griff zu entkommen.

Schließlich hatte Danielle Marguerite dort, wo sie sie haben wollte – vor dem Kamin. Nirgendwohin konnte sie nun mehr entkommen, nirgendwo sich verstecken.

Danielle trat einen Schritt nach vorn, als Marguerite voller Verzweiflung auf den Kaminsims zustürzte und Danielles geliebtes *Utopia* packte.

»Geh weg von mir, oder Gott stehe mir bei ...!« warnte Marguerite mit flammendroten Wangen. Sie wedelte mit dem Buch gefährlich nah am Feuer.

»Leg es hin!« befahl Danielle und blieb stehen.

»Gib mir die Schuhe!« forderte Marguerite.

»Leg es hin!« schrie Danielle gellend. Sie haßte ihre Stiefschwester mehr, als sie es je für möglich gehalten hatte.

Sie war so auf Marguerite konzentriert, daß sie kaum bemerkte, wie Rodmilla eintrat. »Überleg es dir genau, Danielle«, empfahl Rodmilla in ihrem hochmütigsten Ton. »Das Buch deines Vaters oder die Schuhe deiner Mutter – auch wenn keines von beiden dich vor einer kräftigen Tracht Prügel bewahrt.«

Die Schuhe sind unbezahlbar für mich, aber Utopia ... ich kann abends nicht einschlafen, ohne wenigstens ein paar Zeilen darin gelesen zu haben. Wortlos reichte Danielle Rodmilla die Schuhe, ohne das Buch aus den Augen zu lassen. Sie streckte die Hände nach dem letzten Geschenk ihres Vaters aus.

Mit einem widerwärtigen Lächeln ließ Marguerite das Buch in die Flammen fallen.

»Nein!« schrie Danielle und tat einen Satz nach vorn. Rodmilla packte sie und hielt sie zurück.

Tränen liefen Danielle die Wangen hinab, als sie zusah, wie der geliebte Schatz ihres Vaters zu Asche wurde.

Und der Knoten der Verzweiflung, der sich in ihrem Bauch gebildet hatte, ballte sich zu einer kalten, harten Faust aus Wut.

Rodmilla machte langsame, trippelnde Schritte und drehte ihren Sonnenschirm hin und her. Es war wichtig, nicht vor der Königin, sondern einen Schritt hinter ihr zu laufen. Sie hoffte, Marguerite würde daran denken. Zu einem Spaziergang in den königlichen Gärten eingeladen zu werden – und dazu mit der Königin höchstpersönlich – war etwas ganz Besonderes.

Königin Marie machte ein besorgtes Gesicht, als sie nach Marguerites Hand griff und diese tätschelte. »Daß Ihr ein Baby vor einem reiterlosen Pferd gerettet habt! Ihr müßt das wirklich von einem Arzt ansehen lassen.« Sie wies auf den dunklen Bluterguß, der Marguerites linkes Auge zierte.

Der Königin weiszumachen, daß Marguerites Verletzung von einer guten Tat herrührte, war ein geradezu brillanter Einfall gewesen, lobte Rodmilla sich selbst.

»Es geschah aus einem mütterlichen Instinkt heraus, Eure Majestät«, sagte Marguerite ernst und fuhr

Alle Augen im Saal sind auf Danielle gerichtet.

Verzweifelt sucht Prinz Henry nach der Eigentümerin des Schuhs.

mit dem Finger an der Spitzenbordüre ihres Kleides entlang.

Die Königin lächelte. »Es tut mir so leid, daß mein Sohn sich nicht zu uns gesellen kann. Er scheint schon wieder verschwunden zu sein.«

»Wieder?« wiederholte Rodmilla.

»Ja. Gestern war er den ganzen Tag fort und kam erst im Morgengrauen nach Hause.« Verwundert schüttelte die Königin den Kopf.

Rodmilla fiel noch jemand ein, der gestern den ganzen Tag fort gewesen und erst im Morgengrauen heimgekehrt war. War das möglich? *Nein. Das ist vollkommen lächerlich.* »Es ist wunderbar, wenn man über solches Durchhaltevermögen verfügt«, sagte sie statt dessen.

»Vielleicht könnt Ihr mir helfen, dieses Rätsel zu lösen«, sagte die Königin, als sie in einen Weg zwischen außergewöhnlich fein getrimmten Büschen einbogen. »Kennt Ihr die Comtesse de Lancret? Anscheinend besucht sie eine Cousine, aber niemand scheint zu wissen, wer das ist.«

Rodmilla fiel beinahe ohnmächtig in eine Hecke. Lancret war der Name von Augustes erster Frau gewesen – Danielles Mutter! »*Nicole* de Lancret?« fragte sie und zwang sich, ruhig zu bleiben.

»Ja!« Die Königin klatschte vor Freude in die Hände. »Oh, wunderbar! Ich glaubte schon, sie wäre ein Gespenst.«

»Nein«, erwiderte Rodmilla und wählte ihre Worte sorgfältig. »Ich fürchte, sie ist schon seit Jahren bei uns – wohnt sogar bei uns. Nicht wahr, Liebling?«

Königin Marie setzte sich auf eine Marmorbank, Rodmilla und Marguerite taten es ihr gleich.

Rodmilla lächelte ihre Tochter mit hochgezogenen Augenbrauen an.

»Ja«, sagte Marguerite, die nichts verstand und deren Mutter ihr stumm soufflierte. »Natürlich. Unsere Cousine.«

»Die du auch Aschenputtel zu nennen beliebst«, zischte Rodmilla zwischen zusammengepreßten Zähnen.

Marguerite sprang von der Bank auf, mit rotem Gesicht und kurzen keuchenden Atemstößen.

Setz dich um Himmels willen! dachte Rodmilla verzweifelt. *Ruinier jetzt nicht alles.*

Wie durch ein Wunder schien ihre Tochter wieder zu Verstand zu kommen. Sie setzte sich plötzlich hin und wirkte beherrscht.

»Lieber Himmel, Kind, seid Ihr in Ordnung?« fragte die Königin und wedelte mit einem Fächer vor Marguerites knallrotem Gesicht.

Das Mädchen blinzelte. »Da war eine Biene«, sagte sie schwach und wies mit dem Kopf zu einem großen Blumentopf zu ihrer Linken.

Rodmilla lächelte die Königin entschuldigend an und griff nach dem Arm ihrer Tochter.

Marguerites Reaktion war verständlich. Aber es gab keinen Grund zur Furcht.

Nicole de Lancret – oder wer immer Danielle zu sein glaubte – würde niemals damit durchkommen.

Danielle zuckte zusammen, als Jacqueline ihr die Salbe auf den verletzten Rücken auftrug. Die beiden waren allein im Haus zurückgeblieben, weil Rodmilla und Marguerite einer offiziellen Einladung nach Hautefort folgten. Zu Danielles Erstaunen hatte Jacqueline an die Tür ihrer Kammer geklopft und gefragt, ob sie helfen könne. Brutal hatte Rodmilla Danielle an diesem Nachmittag ausgepeitscht, schlimmer als je zuvor. Natürlich konnte Danielle die

Striemen nicht sehen, aber sie wußte, daß sie schlimm waren.

»Das hast du dir wirklich selbst zuzuschreiben, weißt du«, sagte Jacqueline leise, als sie sanft die Salbe auf Danielles pochende Haut strich. »Zuerst die Sache mit dem Frühstück und dann die schreckliche Aufführung unten.«

»Ich wünschte, der gestrige Tag wäre nie gewesen«, flüsterte Danielle und kämpfte gegen die Tränen an. Das Auspeitschen war nichts Neues für sie – dafür aber Jacquelines Tröstung. Vielleicht war diese Stiefschwester nicht so schrecklich, wie sie geglaubt hatte.

Jacqueline ließ ein schnaubendes Geräusch hören. »Natürlich werde ich nie vergessen, wie Marguerites Füße plötzlich über ihren Kopf hochflogen ...« Kichernd begann sie, Danielle einen weichen Verband um den Körper zu wickeln, und gluckste dabei vor sich hin. »Sie hätte nicht so über deine Mutter sprechen dürfen.«

Danielle war vollkommen ihrer Meinung.

Nachdem ihr Rücken verbunden war, dankte sie Jacqueline überschwenglich, dann zog sie sich so schnell wie möglich an, steckte ihre Haare unter eine weiße gehäkelte Kappe und legte sich etwas geborgtes Rouge auf. Es war ihr gelungen, nochmals ein Kleid aus Gustaves Atelier zu leihen – aus wunderschönem rotem Samt mit gerafften weißen Ärmeln und einem schlichten Ausschnitt. Als die Luft rein war, verließ sie auf Zehenspitzen das Haus, verbarg ihre eigenen Kleider hinter einer knorrigen Eiche und machte sich auf den Weg zu Amboise, um den wartenden Prinzen zu treffen.

Die verfallene Kathedrale war einer ihrer Lieblingsorte, an denen sie gerne Zuflucht suchte. Wie ein verstecktes Juwel lag sie tief im Wald verborgen. Einst hatten ihre Türme fast den Himmel berührt und majestätische Buntglasscheiben die biblischen Geschichten erzählt und Strahlen farbigen Lichts auf den glatten Steinfußboden geworfen. Nun war die zerstörte Kathedrale ein Heim für Eichhörnchen und zwitschernde Rotkehlchen anstelle von Priestern und Nonnen, und nur ihre moosbedeckten Fußböden hielten den Jahren noch stand, ein Andenken an frühere Zeiten.

Schweigend lief Danielle über einen Teppich aus Gras. Die Bäume warfen tiefe Schatten über das Waldgebiet. Dort saß Henry auf einem Fenstervorsprung. Er war so schön wie immer. Das Haar fiel ihm in die Stirn, und sein Gesicht wirkte konzentriert, während er in einem in Leder gebundenen Buch las. Sie hatte ein schlechtes Gewissen, daß sie ihn störte.

Bevor sie sprechen konnte, sah er auf und hieß sie mit einem Lächeln willkommen.

»Hallo«, sagte sie.

Leichtfüßig sprang der Prinz auf. Bei der Vorstellung, daß er sie berühren könnte, stieg Angst in ihr auf, und sie erstarrte unvermittelt. Sie fürchtete, daß auch der leichteste Druck seiner Hände auf ihrem Rücken sie bewußtlos werden ließe.

»Geht es Euch gut, Madame?« Sein Gesicht war voller Besorgnis.

»Ich fürchte, ich bin heute nicht ich selbst«, erwiderte Danielle, der das offensichtliche Glück des Prinzen nicht entging. Seine dunklen Augen blitzten im Sonnenschein. »Und ich fühle mich, als ob meine Haut das einzige ist, was mich davon abhält, gleichzeitig überallhin zu gehen.«

Danielle schluckte. Sie war hergekommen, um

dem Prinzen die Wahrheit zu sagen. Zweifel durfte sie nicht mehr zulassen. »Es ... es gibt da etwas, das ich Euch erzählen muß ...«

»Und ich Euch.« Er grinste.

»Eure Hoheit ...«, fing Danielle an.

Er lächelte sie sanft an. »Henry.«

»Ich kann nicht lang bleiben, aber ich mußte Euch wiedersehen«, brach es aus ihr heraus. »Ich habe Euch viel zu sagen.«

»Ich habe nicht geschlafen, aus Angst, aufzuwachen und zu entdecken, daß alles nur ein Traum war. Letzte Nacht bin ich zu einer Erkenntnis gekommen«, erklärte er, und sie hörte die Erregung in seiner Stimme. »Früher glaubte ich, wenn ich mich um eine Sache kümmerte, müßte ich mich gleich um alles kümmern, und daß ich dabei verrückt würde.« Er nahm ihre Hände. »Aber jetzt habe ich mein Ziel gefunden – ein Projekt, zu dem tatsächlich Ihr mich inspiriert habt. Und ich spüre eine ganz wundervolle Freiheit in mir!«

Danielles Herz klopfte stark, als Henry ihr in die Augen blickte. *Er ist wahrhaftig der wunderbarste Mann auf Erden, und ich werde ihm das Herz brechen ...* »Henry, bitte, das war nicht ich«, brach es aus ihr hervor. »Es war immer schon in Euch. Vergeßt das nie. Versprecht mir, daß Ihr das nie vergeßt.«

Voller Verehrung sah Henry sie an. »Ihr seid so ganz anders als jede Hofdame, der ich je begegnet bin, Nicole, und morgen auf dem Maskenball werde ich das der ganzen Welt bekanntgeben.«

»Warum seid Ihr nur so wunderbar?« flüsterte Danielle und kämpfte gegen den Kloß in ihrem Hals.

»Und nun ...« Henry drückte ihre Hände. »Was wolltet Ihr mir sagen?«

»Nur daß ...« Die unausgesprochenen Worte hingen in der Luft … und Danielle ließ sie entschwinden.

Sie schaffte es nicht.

»… die letzte Nacht war die glücklichste in meinem ganzen Leben«, sagte sie. Impulsiv schlang sie die Arme um ihn und küßte ihn von ganzem Herzen und aus ganzer Seele. Seine Lippen öffneten sich ihren, und einige Augenblicke lang war nichts anderes von Bedeutung.

Als Henry seine Arme fest um Danielle legte, berührte er unwissentlich die Striemen unter ihrem Verband und jagte ihr so einen heftigen Schmerz den Rücken hinauf – direkt in ihr Herz.

»Nein!« schrie sie auf und riß sich los.

Verwirrt sah Henry sie an. »Es tut mir leid.«

Rückwärts stolpernd nahm Danielle zum letztenmal jeden einzelnen Zug von ihm in sich auf … seine mitfühlenden Augen, seine starken Arme, seine sanften Lippen, seine fein geschnittenen Wangenknochen, seine empfindsame Seele …

»Ich muß gehen«, murmelte sie, und eine Träne rann ihr über die Wange.

»Nicole …«, begann Henry.

Sie entfernte sich weiter von ihm, stieß ihn mit der Hand von sich. »Nein, nein, nein …« Sie hob den Saum ihres Rockes hoch, drehte sich um und floh durch den Wald davon.

Als Danielle zum Herrenhaus zurückkehrte, fühlte sie sich leer geweint. Tausend Tränen hatte sie vergossen, während sie blind durch den Wald gelaufen war, unfähig, den bedrückten Ausdruck auf Henrys Gesicht zu vergessen, als sie ihn verlassen hatte. Langsam entkleidete sie sich hinter der alten Eiche und legte das rote Kleid sorgfältig zusammen. Mit steifen Schritten ging sie ins Haus. Ihre Beine trugen ihren starren Körper nur mühsam, das Bewußtsein dessen, was sie gerade verloren hatte, wog schwer auf ihren Schultern.

Rodmilla und ihre Töchter warteten auf sie im großen Saal. *Gerade die kann ich jetzt nicht gebrauchen.*

»Das ist ja wohl der heimtückischste deiner Streiche, daß du deine Mutter in eine Comtesse verwandelst«, fauchte Rodmilla und erhob sich von der Couch. »Herrje, das ist fast genauso absurd wie ein Prinz, der seine Tage mit einer Dienstmagd verbringt, die bei den Schweinen schläft!«

Paulette, Louise und Maurice kauerten in einer Ecke.

Unerschrocken starrte Danielle Rodmilla an, beinahe erleichtert, daß ihr Geheimnis nun ans Licht gekommen war. »Was stört Euch mehr, Stiefmutter? Daß ich ein einfaches Mädchen bin – oder eine Rivalin?«

Rodmilla blitzte sie an. »Wo ist das Kleid?« schnauzte sie.

Danielle zuckte mit den Schultern. »Ich weiß nicht, wovon Ihr sprecht.«

»Das Kleid, die Schühchen!« rief Marguerite aus. »Heute morgen waren sie noch in meinem Zimmer, und jetzt sind sie verschwunden! Du hast sie versteckt, das weiß ich!«

»Wohin hast du das Kleid gebracht, Danielle?« fragte Rodmilla mit gereiztem Ton.

»Wohin habt Ihr die Kerzenleuchter gebracht?« gab Danielle zurück. »Wo sind die Wandteppiche? Das Silber? Die Spiegel? Vielleicht ist das Kleid bei ihnen.« Die Diebstähle im Manoir de Barbarac waren Danielle nicht entgangen. Sie wußte, daß keiner der Dienstboten dafür verantwortlich sein konnte. Marguerite war zu dumm und Jacqueline nicht bösartig genug. Blieb nur eine Person übrig.

Rodmilla errötete. »Du wirst mir dieses Kleid *sofort* herbeischaffen, oder ...«

»Eher sterbe ich tausend Tode, bevor ich das Kleid meiner Mutter an dieser verwöhnten, selbstsüchtigen Kuh sehe!« rief Danielle.

Marguerite stieß einen Schrei der Empörung aus. Jacqueline unterdrückte ein Lachen. Rodmillas Augen verengten sich. »Nun, vielleicht können wir das noch in Ordnung bringen«, sagte sie und packte Danielle am Arm.

Danielle schwieg, als Rodmilla sie in den Gang stieß und ihr zu verstehen gab, sie solle in den kalten Steinkeller hinabsteigen. Sie schwieg auch, als Rodmilla grausam lächelnd die Kellertür zuschlug und sie in eine Welt der Dunkelheit stieß, einem von Ratten bewohnten und nach feuchtem Feuerholz riechenden Loch. Und sie schwieg, als Rodmillas durchdringende Stimme die Treppe herunterschallte.

»Öffnet diese Tür, und ihr werdet wünschen, ihr hättet niemals einen Fuß in dieses Haus gesetzt«, brüllte ihre Stiefmutter die Dienerschaft an. »Marguerite, Jacqueline, sammelt alles zusammen, woraus man Geld machen kann. Gleich morgen früh gehen wir als erstes in die Stadt.«

Es gab nichts, was Danielle hätte sagen können. Nichts und niemand würde sie aus diesem Gefängnis befreien.

Und nichts und niemand konnte sie je wieder in Henrys liebende Arme bringen.

Kapitel 8

Die Comtesse Nicole de Lancret ist bereits verlobt?« wiederholte Henry schwach. »Mit einem Flamen?« Ungläubig setzte er sich auf die Stufen vor dem Schloß.

»Ich fürchte«, sagte Königin Marie und klopfte ihm sanft auf die Schulter.

Henry schüttelte den Kopf. »Das ist unmöglich«, rief er herausfordernd aus. »Das gibt es nicht.« Schöne, süße, großzügige Nicole. Es war nicht möglich, daß sie ihn so betrogen hätte. Oder doch?

Die Stimme der Königin klang mitfühlend. »Heute nachmittag ist sie auf einem Schiff abgereist. Die Baronin mochte gar nicht darüber sprechen.«

»Kein Wunder, angesichts solcher Nachrichten!« rief Henry aus und hielt sich dabei den Kopf. »Wenn sie jemandem versprochen wäre, dann hätte sie sicher den Anstand besessen, es mir zu sagen!«

»Hättest du ihr zugehört?« fragte seine Mutter sanft.

»Natürlich nicht! Ich hätte …« Vor ihm tauchte das Bild von Nicole wieder auf. So strahlend hatte sie in diesem roten Kleid bei Amboise ausgesehen, als sie vor ihm zurückwich und ihr eine Träne die Wange herunterlief. Henry stöhnte. Plötzlich ergab alles einen Sinn, einen schrecklichen Sinn.

»Oh, wie konnte ich nur so blind sein? Da schüttete ich vor ihr mein Herz aus, und sie versuchte einfach, sich von mir zu verabschieden.«

Die Königin fuhr ihrem Sohn durchs Haar. »Es bedarf schon einer starken Persönlichkeit, um einen klaren Kopf zu behalten, wenn du versuchst, ihr Herz zu stehlen.«

»Ja, und als welch ein ungeschickter Dieb ich mich erwiesen habe«, sagte er verzweifelt, als er voller Abscheu daran dachte, wie erbärmlich er auf Nicole gewirkt haben mußte.

»Sei nicht traurig, Henry, es gibt noch andere Frauen«, versuchte sie ihn aufzumuntern.

Andere Frauen? Nein, für ihn gab es keine anderen Frauen. Nicht in Frankreich, nicht in Europa und nicht im ganzen Universum. Endlich hatte Henry die eine Frau gefunden, die zu ihm gehörte.

Und sie hatte ihre Liebe einem anderen versprochen.

»Mir wird ganz warm ums Herz, wenn ich eine Mutter sehe, die sich so sehr für ihre Töchter aufopfert.« Pierre le Pieu ließ ein paar Goldmünzen in Rodmillas ausgestreckte Hand fallen.

Sie schniefte. »Es ist ein geringes Opfer ...«

»... für eine so große Belohnung«, führte er zu Ende. Er zeigte auf den elegant möblierten Raum um ihn herum. »Aber ich fürchte, Baronin, Euer Herrenhaus ist leer. Denn wie Ihr seht, lebe nun ich inmitten der meisten Gegenstände, die sich zuvor darin befanden.«

Rodmilla gab sich nicht die Mühe, die Spiegel, Gemälde und Kerzenleuchter zu beachten, auf die le Pieu hinwies. Sie wußte nur zu genau, welche Gegenstände sie an diesen verabscheuungswürdigen Mann hatte verkaufen müssen.

»Vom morgigen Tag an kann das Herrenhaus abbrennen, soweit es mich betrifft«, verkündete sie. An diesem Abend würde der Prinz Marguerite erwählen, ihre Tochter würde eine Prinzessin werden, und sie würde ein Leben führen, das ihr gemäß war und dann von Rechts wegen zustand.

Le Pieu lächelte schief. »Und was ist mit Eurer Danielle?« fragte er, indem er um sie herumstrich.

»Was soll mit ihr sein?« erkundigte Rodmilla sich wachsam, wobei sein übler Atem sie abstieß.

»Ich habe schon immer eine Schwäche für die Unglücklichen gehabt, und wenngleich ich auch alt bin, so bin ich doch vermögend.« Rodmilla horchte auf. »Es sei denn, Ihr seid selbst Eurer Einsamkeit überdrüssig geworden.« Vor ihr tanzten seine mageren Brauen auf und ab.

»Gewiß scherzt Ihr«, erwiderte Rodmilla entsetzt.

»Wir sind zwei Seiten derselben Münze, Baronin. Unser Leben ist ein ständiger Kampf um Anerkennung. Ich plane, meine Rache wie ein üppiges Mahl zu genießen.« Er fuhr sich mit der Zunge über die schmalen Lippen. »Vielleicht können wir zusammen speisen.«

»Ich scheine den Appetit verloren zu haben, Monsieur. Guten Tag.« Schnell wandte sie sich auf dem Absatz um und lief zur Tür.

Le Pieu mußte sie wirklich für verzweifelt halten, wenn er versuchte, einer Frau wie ihr ein solches Angebot zu unterbreiten. Rodmilla lächelte grimmig. *Nach dem Ball werde ich in einer Position sein, ihm zu sagen, wohin er sich scheren soll. Und zwar eindeutig nicht in mein Schlafzimmer.*

Allein bei dem Gedanken daran wurde ihr speiübel.

Gustave hatte Maurice schon Tausende Male erklärt, daß es unmöglich war. Aber er wollte es nicht einsehen. »Du bist ihr Freund, Gustave, sie braucht deine

Hilfe!« rief Maurice, als die beiden Männer mitten auf dem sonnenbeschienenen Dorfplatz standen. »Er wartet auf sie!«

Ein mit Weinfässern beladener Wagen rollte an ihnen vorbei und wirbelte eine Staubwolke auf, die sich auf Gustaves Kleider legte. »Aber ich bin niemand!« protestierte Gustave und zeigte auf sein abgetragenes Hemd. »Der Prinz würde mich niemals empfangen.«

Maurice wollte davon nichts hören. »Dann geh zu da Vinci! Gewiß kann ein Maler einen anderen Maler aufsuchen. Finde ihn!«

Gustave wollte Danielle ja helfen, aber wie? Und mit Signor da Vinci sprechen? »Ich bin doch nur ein Lehrling, Sir, und er ist der größte Maler der Welt. Ebensowenig könnte ich mit Gott sprechen.«

Er und Maurice beobachteten, wie Rodmilla, Marguerite und Jacqueline aus dem Laden eines Schneiders traten.

Maurice packte ihn an den Schultern und schüttelte ihn heftig. »Mann, jetzt sei nur einmal in deinem Leben mutig!«

Ob aus Pflichtgefühl, Liebe oder einfach nur Wahnsinn wußte Gustave nicht, aber um acht Uhr an diesem Abend stieg er von einer Kutsche herab und stand vor der Zugbrücke von Hautefort.

Das Schloß war hell erleuchtet, und zur Eröffnung des Maskenballs explodierten kleine Feuerwerke über den Türmen. Gustave sah, wie eine Kutsche nach der anderen kostümierte Fahrgäste ausspuckte. Er entdeckte Rodmilla, die von zwei Damen begleitet wurde, eine in einer federbesetzten Pfauenmaske, die andere in einem kistenartigen Pferdekopf. Er war so nervös, daß er nicht einmal darüber lachen konnte.

Er mußte sein Vorgehen planen. Wie nur würde er in das Schloß gelangen? Zuerst hatte er gedacht, er würde einfach über die Zugbrücke spazieren; aber am Hauptportal standen Mitglieder der königlichen Garde Wache und nahmen Einladungen entgegen. Nie würde er an ihnen vorbeischlüpfen können.

Aus dem Augenwinkel nahm er einen königlichen Pagen wahr, der sich in eine stille Ecke schlich. Direkt hinter ihm befand sich an der Mauer eine Blumenvase.

Gustave schlich sich auf Zehenspitzen hinter den Jungen.

»Wa...«, stieß der Page hervor, als er sich die Hose zuknöpfte.

»Hat dir keiner beigebracht, die Toilette zu benutzen?« fragte Gustave, die Vase in Händen. Dann schlug er sie dem Pagen auf den Kopf.

Er zog ihn in die Dunkelheit hinein, entkleidete ihn und schlüpfte selbst in die Uniform. Etwas eng, aber es ging.

Nun wurde es Zeit für den zweiten Teil seiner Mission.

Verstohlen bewegte Gustave sich durch die verkleidete Menge und erkundigte sich bei verschiedenen Festteilnehmern, ob einer von ihnen Signor da Vinci gesehen hätte.

»Ja, er ist da drüben«, sagte ein als Hofnarr verkleideter Mann. Oder vielleicht war er ja der Hofnarr. Gustave wußte es nicht. *Aber ein oder zwei Lacher könnten jetzt nicht schaden,* dachte er nervös und bahnte sich seinen Weg zu einem vornehm aussehenden Herrn mit langem weißem Bart.

Gustaves Hände waren schweißnaß, als er sich da Vinci näherte. Er hatte einen ganz trockenen Hals. Seine Knie bebten.

Sie hätten noch stärker gebebt, hätte er gewußt, daß er den falschen Mann ausgesucht hatte – und daß der richtige Leonardo da Vinci nur wenige Zentimeter hinter ihm stand.

»Si-Signor da Vinci?« krächzte Gustave.

Und dann fiel er in Ohnmacht … in die Arme des *richtigen*, ziemlich überraschten Signor da Vinci.

»Oh, Herrin, es hat keinen Zweck!« erklang klagend Paulettes gedämpfte Stimme.

Danielle biß sich auf die Lippe, während sie zusammengekauert auf der feuchten Holztreppe saß. Trotz Rodmillas Drohung versuchten ihre Freunde nun schon seit Stunden, das Kellerschloß aufzubrechen. *Es hat keinen Zweck,* dachte sie dumpf. *Genau in dieser Minute greift Marguerite sich Henry mit ihren Klauen.*

»Gestattet.«

Die ruhige Männerstimme schreckte Danielle auf. Sie stand auf. Man hörte Metall über Metall kratzen, und innerhalb von Sekunden war die Tür aus den Angeln gehoben.

»Brillant!« jubelte Paulette.

»Was für ein genialer Einfall«, staunte Louise.

»Ja, ich werde als der Mann in die Geschichte eingehen, der eine Tür öffnete«, sagte der Mann, der die Tür in Händen *hielt.* Er lehnte das schwere hölzerne Rechteck gegen die Wand.

Das plötzliche Licht blendete Danielle. Sie blinzelte die Vision an, die vor ihren Augen allmählich sichtbar wurde. Als sie aus dem Keller trat, blieb ihr vor Staunen der Mund offen stehen angesichts ihrer Befreier: ihres lieben Freundes Gustave, der neben Signor da Vinci stand!

»Gustave, wie …?«

Er lächelte. »Maurice sagte, der Prinz erwarte dich.«

Danielle sah auf ihre schlammverkrusteten Füße. »Er erwartet jemanden, der nicht existiert. Signore, ich bin Danielle de Barbarac und nur eine Dienstmagd.«

Signor da Vinci trat zu ihr. »Und ich bin der uneheliche Sohn eines Maurers. Was hat das für eine Bedeutung?«

Danielle schluckte Tränen der Scham herunter. »Aber ich habe ihn getäuscht!«

»Meine Liebe, der Prinz wird es verstehen«, versicherte der Künstler. »Alles, was ein jeder von uns in diesem Leben besitzt, ist sein Charakter, und Eurer ist so edel, wie man es sich nur wünschen kann.«

Paulette nahm sie bei der Hand. »Kommt, Kind, es ist noch früh am Abend. Wir müssen Euch für den Ball herrichten.«

»Ich möchte nicht dorthingehen«, sagte Danielle mit niedergeschlagenen Augen.

»Wenn Ihr bleibt, gewinnt die Baronin, und wir alle könnten genausogut sofort mit Euch in die Hölle hinunterfahren«, sagte Louise sanft.

Danielle blickte sich um. Um sie herum standen die Menschen, die ihr auf der Welt am liebsten waren: Paulette, Louise, Maurice. Jeder von ihnen sah sie voll Hoffnung an, jeder wollte wie immer das Beste für sie. *Aber wenn ich sie nun alle enttäusche? Was, wenn …*

An Signor da Vinci gewandt, flehte sie: »Wie kann ich ihm entgegentreten?«

»Er hat es verdient, von jemandem die Wahrheit zu hören, den er liebt«, lautete die Antwort.

Ihr gelang ein winziges Lächeln. »Ein Vogel mag einen Fisch lieben, Signore, aber wo sollten die beiden leben?«

Der Künstler zog sie zu sich heran und legte zärtlich seinen Arm um sie. »Dann werde ich Euch wohl Flügel anlegen müssen.«

Danielle setzte sich an den großen Küchentisch, während Signor da Vinci in seinem Lederrucksack kramte und Pinsel, Puder und kleine Farbtuben hervorzog. Aufgeregt versammelten sich Paulette, Louise und Maurice um sie.

Der Künstler legte die Materialien auf den Tisch. Er nahm Danielles tränenverschmiertes Gesicht in die Hand, ließ sich von Paulette ein sauberes Tuch reichen und tauchte es in einen Eimer Wasser, der in der Ecke stand. Sanft wischte er Danielles Wangen ab.

Und dann fing er an zu malen.

Die federleichten Pinselstriche kitzelten ihr Gesicht. Sie mußte sich zwingen, still zu sitzen. »Ich verstehe nicht«, sagte sie, als da Vinci seinen Pinsel in weißes Puder dippte. »Wenn ich als ich selbst dorthingehen soll, ist es da nicht falsch, einen solchen Zauber mit mir zu veranstalten?«

Signor da Vinci lächelte sie an. »Vermutlich wäre es das, wenn nicht ohnehin ein Maskenball stattfände. Seid versichert, Danielle, hier liegt keine Alchemie vor, kein Betrug.« Er befestigte winzige Federn entlang ihres Haaransatzes. »Gott gibt jedem seine eigenen Gaben, aber es liegt an uns, sie zu nutzen, zu nähren und ihnen zu vertrauen.«

Verzaubert von der Verwandlung, die der Künstler vollbrachte, nickten ihre Freunde.

Da Vinci strich ihre Haare zurück. »Eine Saat in vertrockneter Erde hat keine Chance. Aber mit ein paar Sonnentagen, etwas Wasser … etwas Liebe … ist alles möglich. Zu erblühen bedeutet zu leben, Danielle. Ihr seid das einzige Wunder hier.«

Eine einsame Träne fiel von ihrer Wange, und Da-

Rodmilla ist empört – wie kann Danielle es wagen, ohne Erlaubnis auf das Fest zu gehen?

Jetzt weiß Henry, daß er die richtige Frau gefunden hat.

Eine Liebe auf immer und ewig

nielle blinzelte, da sie nicht zerstören wollte, was Signor da Vinci mit soviel Mühe erschaffen hatte.

Vielleicht würde die Maske ihr Kraft verleihen, überlegte sie. Für eine kleine Weile konnte sie an diesem Abend jemand anderer sein ... eine zauberhafte Märchenprinzessin, eine erwachsene Version des kleinen Mädchens, das sie einst gewesen war.

Eine Märchenprinzessin, die ihrem Märchenprinzen die Wahrheit erzählen mußte.

Als es Abend wurde, beschlossen Rodmilla und ihre Töchter, einen Spaziergang durch die Schloßgärten zu machen, bevor der Maskenball offiziell eröffnet wurde. »So hast du schon einmal Grundkenntnisse der Gartenanlage«, hatte sie der kichernden Marguerite erklärt. »Du mußt dich mit solchen Dingen auskennen, wenn du Prinzessin wirst.«

Die Baronin rückte ihre Maske zurecht, die ihr leicht am Gesicht klebte. Die Abendluft war warm, und Rodmilla hatte gerade beschlossen, zum Schloß zurückzukehren, als Pierre le Pieu an ihnen vorbeispazierte, an jedem Arm eine kostümierte Frau.

Rodmilla richtete sich steif auf, als sie das Trio bemerkte.

»Guten Abend, meine Damen«, sagte le Pieu mit einem Nicken.

Böse sah Rodmilla ihn an. »Bis zu Eurem Erscheinen *war* er gut.«

Le Pieu musterte Marguerite von Kopf bis Fuß. »Ich möchte wetten, Marguerite, daß der Mann, der Eure Zuneigung gewinnt, der glücklichste Mann im ganzen Königreich sein wird.«

»Ja, und die Frauen, die sich an Eurer Gegenwart erfreuen, Monsieur, sind bei weitem noch nicht ausreichend entlohnt«, erwiderte Marguerite schnippisch.

Rodmilla unterdrückte ein Lachen. Die zwei Begleiterinnen von le Pieu bezeichnete man taktvoll als »Damen der Nacht«.

»Was habt Ihr doch für eine flinke Zunge«, entgegnete le Pieu.

Bevor ihre Tochter sich noch auf weiteres Geplänkel mit dem ruchlosen Charakter einlassen konnte, schob Rodmilla sie und Jacqueline zum Ballsaal des Schlosses.

Der Maskenball sollte nun beginnen.

Sie brauchten nur vier Frauen anzurempeln und fünf weiteren kräftig auf die Füße zu treten, um sich die besten Plätze in der Empfangsreihe zu sichern. Ihre Positionen waren ausgezeichnet – sie garantierten, daß der Blick des Prinzen gleich auf sie fiele, wenn er seinen großen Auftritt hatte.

Als Prinz Henry den Ballsaal betrat, zwickte Rodmilla Marguerite in den Arm. Er sah einfach blendend aus in seinem juwelenbesetzten Umhang und der engen schwarzen Hose. *Er und Marguerite werden die entzückendsten Babys bekommen,* dachte sie träumerisch. Als der Prinz vor ihnen stehenblieb, machte sie einen tiefen Hofknicks. »Eure Hoheit.«

Er lächelte. »Baronin, Marguerite.«

»Ein herrlicher Abend, Sire.« Rodmilla bemühte sich, genau den richtigen Ton zwischen Bewunderung und Respekt zu treffen.

»Ja, durchaus.« Er blickte an ihnen vorbei. »Seid Ihr nur zu zweit hier?«

»Jacqueline ist am Buffet«, vertraute die Baronin ihm an. Sie hatte dafür gesorgt, daß ihre jüngere Tochter sicher aus dem Weg war. *Nicht, daß Jacqueline je eine Chance bei dem Prinzen gehabt hätte!* Bei dem Gedanken lachte sie beinahe laut auf.

»Nun, da ich einer der Gastgeber bin, sollte ich

wahrscheinlich eine von Euch zum Tanze bitten«, sagte Henry höflich.

Wie ein Pitbullterrier hielt Marguerite sich an seinem Arm fest. »Liebend gern!«

Gustave stieß einen zufriedenen Seufzer aus, als Danielle in Signor da Vincis Kutsche stieg. Die Kristallperlen auf ihren silbernen Satinschühchen schimmerten im Mondlicht. Er und die Dienstboten versammelten sich draußen vor dem Herrenhaus, um ihrer Abfahrt zuzusehen.

»Sie sieht aus wie ein Meisterwerk«, sagte Gustave tief beeindruckt.

Louise ergriff die Hand von Maurice. »Sie sieht aus wie ihre Mutter.«

Als die Kutsche anfuhr, legte da Vinci seinen farbverschmierten Arm um Gustaves Schulter. »Kommt«, sagte er. »Sehen wir uns doch einmal Eure Bilder an.«

»Jetzt?« Gustave schluckte nervös.

»Wenn man so alt ist wie ich, mein junger Freund, ist das Jetzt alles, was man hat.«

Gustave nickte, und die beiden neuen Freunde wollten gemeinsam ins Herrenhaus zurückgehen.

»Wartet!« rief Paulette. »Das ist Tradition.«

Gustave und Signor da Vinci drehten sich um und sahen zusammen mit den Dienstboten hinter der Kutsche her, die das Haupttor des Manoir de Barbarac erreichte.

Da flog plötzlich eine kleine Hand aus dem Kutschenfenster heraus … und winkte.

In Hautefort war der Maskenball in vollem Gange. Während der König vergeblich nach seinem Ehrengast, Signor da Vinci, suchte, tanzten seine Gäste in einem geschmückten Ballsaal voller Blumen und brennender Fackeln, deren Licht den unzähligen Masken und Kostümen einen zauberhaften Glanz verlieh. Hungrige Feiernde fanden zu dem verschwenderischen Buffettisch, der beinahe zusammenbrach unter dem Gewicht einer riesigen Auswahl an Käse, süßen Trauben und Pflaumen, Beeren und Mandarinen, Spargel und Pilzen, Tabletts mit gerösteten Ferkeln und zart geschmortem Rind, Karaffen voll Wein und den köstlichsten Pasteten, die in Frankreich je gereicht wurden.

Jacqueline schwebte im siebenten Himmel – wenn man einmal von der dummen Pferdemaske absah, zu der ihre Mutter sie überredet hatte. Rodmilla hatte ihr versichert, daß sie das »hübscheste Fohlenmädchen auf dem Ball« wäre, und wie ein Tölpel hatte sie ihr geglaubt. *Eher das verschwitzteste,* dachte Jacqueline, während sie sich Käse und knusprige Brotstükke auf den Teller lud. Eigentlich war es gar keine Maske – eher eine Art Pferdehelm.

Halb hatte sie sich schon durch das Buffet hindurchgefuttert, als sie nach einem Obststück griff ... und auf jemanden stieß, der die Hand nach genau der gleichen Frucht ausstreckte.

Noch ein Pferd.

»Hüüü«, gab das Pferd von sich und zog sich die Maske ab.

Jacqueline errötete. Ihr pferdeartiger Nachbar war niemand anderer als Captain Laurent.

Auch sie zog ihre Maske herunter und lächelte ihn schelmisch an. »Hott.«

Henry stand schweigend im Schatten des Tunnelgangs, der unter Hautefort verlief. Er wollte mit seinem Vater unter vier Augen sprechen, weit weg von der Masse an Gästen, die durch das Schloß schwärmten. Nachdem Henry wenige Minuten gewartet hatte, kam sein Vater in Begleitung von einigen Lakaien mit Fackeln den Gang entlang.

»Ich höre, Ihr wolltet mich sprechen?«

»Ja, Vater.«

Der König studierte Henrys Gesicht und schickte mit einer Handbewegung die Diener fort. »Hört, Henry, vielleicht ist es unfair von mir, Euch so unter Druck zu setzen«, begann der König. »Ich dachte nur, daß es an der Zeit wäre, einige Veränderungen in Euer Leben zu bringen. Ihr wirktet so haltlos ... und na ja, ich wollte nur sagen, daß ich die Idee mit der Universität brillant finde. Wir brauchen heute nacht nichts zu verkünden, wenn ...«

Henry unterbrach ihn. »Ich habe meine Entscheidung getroffen.«

Einen Augenblick lang war sein Vater überrascht. »Oh. Nun gut, das ist schön«, sagte er nach einigen Sekunden. »Gut. Wer ist also die Glückliche?«

Henry starrte in die dunkle Tiefe des Tunnelgangs. Welche Bedeutung hatte es schon, wer sie war?

Sie war jedenfalls nicht diejenige, die er wollte.

Celeste beugte sich zu der Baronin. »Rodmilla, ich hoffe, Ihr werdet uns kleine Leute nicht vergessen«, sagte sie in kriecherischem Ton.

Rodmilla beschied die Hofdame mit einem hochmütigen Lächeln. »Oh, Celeste, ich denke, Ihr könnt Euch darauf verlassen.« Sie drückte Marguerites schwitzende Hand. Auf diesen Moment hatten sie gewartet, hierfür hatten sie geplant ... und nun wurde alles Wirklichkeit, vor dem gesamten Königreich. Sie wurde ganz aufmerksam, als König Francis auf die königliche Empore trat, Prinz Henry zu seiner Linken, Königin Marie zu seiner Rechten.

König Francis räusperte sich. »Freunde, verehrte Gäste, es erfüllt uns mit großem Stolz, anläßlich dieses Festes die Verlobung unseres Sohnes, Prinz Henry des Ersten, mit …«

Rodmilla fiel schon beinahe vor der Namensnennung auf die Knie. Sie sah, wie der Prinz mit einer Hand die Schulter des Vaters umklammerte. Fassungslos starrte er zu der großen Treppe am Eingang des Ballsaals hinüber. Der König unterbrach seine Ansprache und sah ebenfalls dorthin.

Auch Rodmilla folgte ihren Blicken, voller Angst vor dem, was sie dort entdecken würde.

Dort oben stand eine Frau in dem herrlichsten Kostüm, das sie je gesehen hatte. Ihr Gesicht war eine Mischung aus Federn, Puder und Perlen, und ihr honigbraunes Haar war in großartigen Locken aufgesteckt. Hauchdünne Flügel standen von dem Rücken ihres schimmerndweißen Kleides ab und flatterten sanft in dem Abendwind, der von der Tür hereinzog.

Die Menge hielt den Atem an.

Der Prinz erbleichte.

Rodmilla aber umklammerte Marguerites bebende Finger nur fester und schwieg. Sie war zu sehr damit beschäftigt, an ihrem eigenen Zorn zu ersticken.

Kapitel 9

Danielle hatte nicht damit gerechnet, daß alle Augen des gesamten Königreichs auf sie gerichtet sein würden. Sie hatte geglaubt, sich unauffällig unter die Menschen mischen, eine Kleinigkeit essen, einige Menuette tanzen und dem Prinzen ihre Geschichte enthüllen zu können …

»Tief einatmen, ruhig atmen«, befahl sie sich zitternd.

Direkt ihr gegenüber, auf der anderen Seite des Saales, stand Henry – der hinreißende, intelligente Henry. Einen Augenblick lang wirkte er wie gelähmt. Dann sprang er von der Empore und lief quer durch den Ballsaal bis zur obersten Treppenstufe, wo sie stand. Ihr klopfte das Herz bis zum Halse, als er seine sanften Hände um ihr Gesicht legte und ihr sehnsüchtig in die Augen blickte.

»Sagt mir, daß Ihr es wirklich seid«, bat er.

Danielle nickte nervös. Die Gäste folgten jedem ihrer Worte. »Ich bin als ich selbst verkleidet gekommen.«

Henry schüttelte verwundert den Kopf. »Meine Mutter sagte, Ihr würdet heiraten.«

»Sie war falsch informiert.« Danielle fand ihr Gleichgewicht wieder. »Henry, ich muß Euch etwas sagen, jetzt, bevor noch ein weiteres Wort gesprochen wird.«

»Dann seid Ihr nicht verlobt?« brach es aus ihm heraus, während er ihre Hände ergriff.

Die Hitze zwischen ihnen war fast unerträglich. »Nein.«

Sie schluckte, als die riesige Turmglocke anfing, zwölf Uhr Mitternacht zu schlagen.

Eins.

»Beinahe hätte ich den schlimmsten Fehler meines Lebens begangen«, sagte Henry mit glühendem Gesicht. »Kommt. Ich möchte Euch jemandem vorstellen.«

Sie nahm die Hand, die er ihr reichte, und ließ sich die Treppe hinunterführen. *Bitte, laß mich nicht vor all diesen Menschen stolpern.* Danielle hob ihr Kleid, um die Stufen hinabzusteigen. Dabei entblößte sie unbewußt ihre perlenbestickten Satinschuhe, und das darauffallende Licht ließ sie hell auffunkeln, so daß die Menschenmenge geblendet wurde.

»Henry, ich muß mit Euch sprechen!« sagte Danielle eindringlich, als sie die unterste Stufe erreichten.

Zwei.

»Was immer es ist, meine Antwort lautet ja«, antwortete Henry begütigend. »Oh, und seht nur, seht! Ich habe die Zigeuner eingeladen.«

Drei.

Danielle lächelte zu ihnen hinüber, aber ihre Nerven waren so gespannt, daß sie kaum atmen konnte.

Die Menge teilte sich, als das Paar durch den Saal zur königlichen Empore schritt. Plötzlich spürte Danielle ein heftiges Reißen an ihren Flügeln. Sie taumelte.

»Wie kannst du es wagen!« kreischte Rodmilla, die sie wie eine Fledermaus aus der Hölle angriff. Sie packte die hauchdünnen Flügel und zerrte an ihnen.

Vier.

Erschreckt wich Danielle zurück, während Henry Rodmilla fortstieß. »Madame, reißt Euch zusammen!« rief er entsetzt.

»Sie ist eine Hochstaplerin, Sire!« schrie Rodmilla. Um sie herum wurde es totenstill.

»Nein!« brach es aus Danielle hervor, während die Welt vor ihren Augen zusammenbrach.

Fünf.

»Sie heißt Danielle de Barbarac und war in den vergangenen zehn Jahren Dienstmagd in meinem Haus«, zischte Rodmilla, und ihre Augen waren nur noch schmale Schlitze.

Neben ihnen tauchte König Francis auf. »Eine Dienstmagd, Henry? Soll das ein Witz sein?«

Henrys Gesicht hatte sich erst rot, dann weiß verfärbt. »Baronin, Ihr bewegt Euch auf gefährlichem Terrain!« warnte er.

Sechs.

»Fragt Sie doch selbst!« gab Rodmilla zurück. »Sie ist eine habgierige, verschlagene kleine Betrügerin.« Sie stampfte mit dem Fuß auf. »Und es ist meine Pflicht, Eure Hoheit, diesen Betrug als den begehrlichen Trick zu entlarven, der er nun einmal ist!«

Verwirrt und beschämt wandte Henry sich an Danielle. »Sagt diesen Frauen, wer Ihr seid«, forderte er sie mit einem ermutigenden Kopfnicken auf. »Sagt es ihnen.«

Sieben.

Danielle blickte ihn an, und der Schmerz brach ihr das Herz. Sie suchte nach den richtigen Worten, brachte aber nur ein winziges Wimmern hervor.

»Sagt es ihnen«, bat Henry mit schwankender Stimme.

Danielle blieb stumm.

Acht.

»Mein Gott«, flüsterte Henry und wich zurück. »Das kann nicht wahr sein.«

Rodmilla drängte sich vor, so daß sie die zusammengekauerte Danielle fast mit der Nase berührte. »Verneig dich vor der Königlichen Hoheit, du niederträchtige Schwindlerin!«

»Nicole ...« Henry schien am Boden zerstört.

Neun.

»Nicole de Lancret war meine Mutter, Eure Hoheit«, brachte Danielle hervor, wobei ihr das Blut in den Schläfen klopfte. »Ich bin das, was diese Frau sagt.«

Die bislang schweigende Menge fing an, aufgeregt zu murmeln, und drängte sich näher heran.

Henry blinzelte ungläubig, und plötzlich weiteten sich seine Augen. »Die Äpfel? *Ihr* wart das?«

Zehn.

»Ich kann es erklären!« rief Danielle aus.

König Francis stieß mit seinem Zepter auf den Boden. »Nun, das wäre auch besser!«

Henry lachte kalt. »Erst seid Ihr verlobt und jetzt eine Dienstmagd. Mir reicht's.« Er wandte sich zum Gehen um.

»Henry, bitte!« rief Danielle, die alle Vorsicht fahren ließ. Es war nicht der Prinz, den sie liebte, sondern Henry. Henry, der mit ihr in der Zigeunerhöhle gelacht hatte, der ihr Bücher voller wunderbarer Geschichten und Legenden gezeigt hatte, der ihr Pferd direkt bis zu ihrer Tür geführt, der sie geküßt hatte, als wäre sie der außergewöhnlichste Mensch der Welt ...

Ein Raunen ging durch die Menge angesichts ihrer Vertraulichkeit.

Elf.

Henry wirbelte herum. »Sprecht mich nicht so formlos an, Mademoiselle. Ich bin der Prinz von Frankreich, und Ihr seid ... nur ... wie ... sie.«

Seine Worte waren schmerzhaft genug, aber seinen Gesichtsausdruck – der Ausdruck dessen, der sich verraten glaubte – konnte Danielle nicht ertragen. Sie drehte sich um und floh durch die entsetzte Menschenmenge.

Zwölf.

Langsam stieg Leonardo da Vinci die großartige königliche Auffahrt hinauf. Der Anblick des in der Nacht beleuchteten Schlosses erstaunte ihn immer wieder, und in dieser Nacht war er mit den hell auf der Zugbrücke flackernden Fackeln und dem Geruch nach Feuerwerk in der Luft wirklich atemberaubend.

Ein weißes Aufblitzen zog seine Aufmerksamkeit auf sich, und er bemerkte eine junge Frau, die aus dem Schloß und über die Zugbrücke gerannt kam. Sie wirkte verzweifelt und schien den Ort schnell verlassen zu wollen. In ihrer Hast stolperte sie und fiel genau in dem Moment hin, als sie das äußere Tor erreicht hatte.

Ein winziger Schuh glitt ihr vom Fuß.

Leonardo hielt den Atem an. »Danielle!« rief er.

Aber sie blieb nicht stehen, sondern rannte weiter.

Der Künstler lief eilig hinter ihr her und hob den verlorenen Schuh auf, der noch warm war von ihrem Fuß. Was konnte nur geschehen sein, daß sie so schnell davonrannte?

Leises Donnergrollen erklang in der Ferne. Als die ersten Tropfen fielen, machte ein verwirrter Leonardo sich auf den Weg in den Ballsaal und hinaus auf den Schloßbalkon.

Nur einer kannte den Grund für Danielles Elend.

Und dieser Mensch stand im Regen, und das Wasser lief ihm über das Gesicht. »Mein Gott, Henry, was habt Ihr getan?« fragte Leonardo, während er auf ihn zuging.

Der Prinz stand mit steinernem Gesicht da. »Ich bin als Privilegierter geboren, und damit gehen bestimmte Verpflichtungen einher.«

Leonardo war wütend über die Haltung des jungen Mannes. »Ach, Mist.«

Prinz Henry preßte die Lippen aufeinander. »Ihr habt keine Ahnung, alter Mann.«

»Nein, *Ihr* habt keine Ahnung«, sagte Leonardo zornig. »Könnt Ihr Euch vorstellen, was dieses Mädchen heute abend durchgemacht hat?«

»Sie hat mich belogen!«

Enttäuscht griff sich Leonardo an den Kopf. »Sie kam her, um Euch die Wahrheit zu sagen, und Ihr habt sie den Wölfen zum Fraß vorgeworfen!«

»Was wißt Ihr schon?« rief Henry verächtlich aus und fuhr sich mit den Fingern durch das nasse Haar. Mit erhobenem Arm wies er in die Luft. »Ihr baut Flugmaschinen und lauft auf dem Wasser, und doch wißt Ihr nichts vom Leben!«

»Ich weiß, daß ein Leben ohne Liebe kein Leben ist«, sagte der Künstler ruhig zu dem jungen Mann.

»Und Liebe ohne Vertrauen? Was ist damit?« wollte der Prinz mürrisch wissen.

»Sie ist Eure Braut!« verkündete Leonardo.

Der Prinz starrte in das riesige Meer aus Schwärze, welches das Schloß umgab. Seine Augen waren bar jeden Gefühls. »Ich bin nur ein Diener meiner Krone, und ich habe meine Entscheidung getroffen. Ich werde nicht nachgeben.«

Leonardos Herz füllte sich mit Mitleid bei dem Gedanken an die schöne Danielle, die das Lob eines jeden Mannes wert war. Unter seinem Umhang zog er Danielles Schühchen hervor. Er stellte es auf den Balkonvorsprung und ging langsam ins Schloß zurück, während der Prinz allein im Regen zurückblieb.

Danielles Heimkehr unterschied sich in jeder Hinsicht von ihrer Abfahrt. Keine Freunde waren da, sie zu begrüßen, als sie barfuß die schlammige Auffahrt heraufgehumpelt kam. Kein Künstler war da, ihr verschmiertes Gesicht in ein märchenhaftes Meisterwerk zu verwandeln.

Nachdem sie ihre vom Wind zerfetzten Flügel, das Kleid und den verbliebenen Schuh in einem kleinen Feuer verbrannt hatte, verbrachte sie die Nacht zusammengerollt auf dem durchweichten Scheunenboden, lauschte dem auf das Dach prasselnden Regen und schlief nicht einmal eine Stunde. Sie stand zeitig auf und brach zum Feld hinter dem Herrenhaus auf, wo sie eine Hacke aufhob und kraftvoll die feuchte Erde bearbeitete.

»Danielle?« erklang eine Stimme von der Terrasse.

Es war Rodmilla.

»Ich weiß aus zuverlässiger Quelle, daß vor deinem peinlichen Debüt der Prinz nahe daran war, Marguerite als Braut zu erwählen«, verkündete sie mit verschränkten Armen.

Danielle nahm sie nicht zur Kenntnis. Sie ließ das Gartengerät fallen, hob einen Korb mit frisch geerntetem Gemüse auf und ging den Weg hinauf.

»Männer sind ja so launisch«, sagte Rodmilla mit einem unangenehmen Lachen. »In der einen Minute noch ersinnen sie Sonette, und in der nächsten ist man schon wieder die einfache Bauernmagd.«

Ich werde ihr nicht die Befriedigung geben, dachte Danielle bitter. *Nichts, was sie sagt oder tut, kann mich noch verletzen … ich bin jenseits aller Verletzungen.*

»Aber ich muß sagen, ich habe dich noch nie so in die Arbeit vertieft gesehen«, bemerkte Rodmilla mit einem Anflug des ihr eigenen Humors.

Danielle ging weiter. »Weshalb glaubt Ihr, daß ich dies für Euch tue?« wollte sie wissen.

»Na, was sind wir doch lebendig heute morgen, he?«

Als Danielle zur Hintertür des Herrenhauses gelangte, verstellte Rodmilla ihr mit selbstgefälligem Gesichtsausdruck den Weg.

»Laßt mich durch«, sagte Danielle.

»Das hast du dir selbst zuzuschreiben.«

Danielle sah ihre Stiefmutter aus kalten, harten Augen an. »Versteht Ihr nicht? *Ihr habt gewonnen!* Geht! Zieht in den Palast und laßt uns in Ruhe!«

»Du bist jetzt nicht mehr mein Problem«, erwiderte Rodmilla geheimnisvoll.

Danielle drehte sich auf dem Absatz um und ging zur Vordertür des Herrenhauses, sehr bemüht, die Ruhe zu bewahren. Wie ein abgerichteter Hund blieb Rodmilla ihr auf den Fersen. »Euer Problem?« sagte Danielle betroffen. »Ich habe alles getan, worum Ihr gebeten habt, und doch habt Ihr mir das einzige versagt, was ich mir je wünschte!«

»Und was wäre das?« wollte Rodmilla wissen.

Erstaunt über die Frage ihrer Stiefmutter schüttelte Danielle den Kopf. »Was glaubt Ihr wohl?«

Genau in dem Augenblick steckte Paulette den Kopf aus einem oberen Fenster heraus. »Herrin! Danielle! Kommt und seht! Es ist alles wieder da!« rief sie.

Aber Danielle ließ sich nicht aufhalten. »Ihr seid die einzige Mutter, die ich je kennengelernt habe«, erklärte sie Rodmilla. »Gab es je eine Zeit, und sei sie noch so kurz, da Ihr mich überhaupt liebhattet?«

Ungläubig starrte Rodmilla zurück. »Wie kann man denn einen Stein in seinem Schuh liebhaben?«

Eine unglaubliche Woge der Traurigkeit ergriff Danielle. Nach den jahrelangen Mißhandlungen hatte sie immer gewußt, daß Rodmilla sie nicht wie eine Tochter liebte. Aber tief in ihr hatte ein winziger Teil immer gehofft, immer geglaubt, daß in dieser Frau, die ihren Vater geheiratet hatte, irgendein Gefühl der Liebe und Freundlichkeit für sie vorhanden sein müßte.

Diese Hoffnung war nun vergangen.

»Ehrlich gesagt, habe ich nie verstanden, warum du überhaupt so lange hier geblieben bist«, fuhr Rodmilla fort.

Danielle stand jetzt vor ihr. »Weil Ihr eines Tages tot sein werdet und dieses Haus dann immer noch hier ist ... und ich ebenfalls«, sagte sie mit brennendem Stolz. »Ihr seid schon viel zu lang der Eindringling in meines Vaters Haus.«

Danielle bog um die Ecke des Hauses. Eine ganze Reihe an Wagen, voll beladen mit Möbeln und Haushaltsgegenständen, war hier versammelt. Pierre le Pieu stand davor.

»Ah, Monsieur le Pieu«, begrüßte Rodmilla ihn herzlich. »Gerade zur rechten Zeit.«

»Es ist alles hier, Baronin. Bis auf den letzten Kerzenhalter.«

Danielle sah sich den Inhalt der Wagen an. Da war das Gemälde, das jahrelang im großen Saal des Herrenhauses gehangen hatte ... das geschnitzte Schreibpult, an dem ihr Vater Briefe verfaßt hatte ... das Silbertablett, auf dem Paulette noch im letzten Jahr das Weihnachtsmahl serviert hatte.

Allmählich wurde ihr alles klar.

»Die Bilder ... die Bücher meines Vaters ... Ihr habt sie an *ihn* verkauft?« fragte Danielle, und ihre Stimme versagte.

»Ja, und jetzt ist alles wieder da«, erwiderte Rodmilla.

»Ich konnte doch nicht zulassen, daß wir wie arme Schlucker aussehen, wenn der König kommt.«

Verwundert starrte Danielle den zügellosen Hofwaffenmeister an. »Monsieur, danke!« rief sie überwältigt. »Das bedeutet uns unendlich viel.«

Le Pieu zuckte mit den Schultern. »Ich bin Geschäftsmann, Danielle, kein Philanthrop.«

Danielle blickte von ihm zu Rodmilla. »Ich verstehe nicht …«

Ihre Stiefmutter seufzte. »Nach allem, was vorgefallen ist, kann ich doch nicht zulassen, daß du in der Nähe bleibst und womöglich den Prinzen ablenkst, oder?« Sie und le Pieu tauschten einvernehmliche Blicke aus.

»Die Baronin und ich haben eine Übereinkunft getroffen«, setzte le Pieu an.

»Du gegen all dieses hier«, führte Rodmilla zu Ende. »Wenngleich ich der Meinung bin, daß ich den besseren Teil in diesem Handel erwischt habe.«

Das schiere Entsetzen traf Danielle wie ein Schlag ins Gesicht. Ihre Stiefmutter hatte sie an diesen schleimigen le Pieu verkauft! Bevor sie noch Zeit hatte, zur Besinnung zu kommen, sprangen le Pieus Bedienstete von den Wagen herab und packten sie grob an den Armen.

»Nein! Laßt mich los!« schrie sie aus Leibeskräften und trat um sich. Vergeblich versuchte Maurice, die Männer zurückzuhalten, doch er wurde nur unsanft zur Seite geschoben.

Tränen strömten ihr über das Gesicht, als sie in le Pieus enge Kutsche gestoßen wurde und man hinter ihr die Tür zuschlug und verriegelte.

Sie war eine Gefangene.

Ich wünschte, ich wäre tot, dachte sie, während die Kutsche die Straße hinunterholperte und sie von dem einzigen Heim fortbrachte, das sie je gehabt hatte.

Trompeten und Hörner ertönten. Scheffelweise waren duftende Rosen und Lilien herbeigekarrt, Fenster geputzt, Fußböden geschrubbt, Holzschnitzereien poliert worden. Aus Paris hatte man den Kardinal herbeigerufen.

Schließlich ereignete sich nicht alle Tage eine königliche Hochzeit.

Licht fiel durch das Fensterglas auf Prinz Henry, der steif in voller Uniform am geschmückten Altar der Kathedrale stand. Hinter ihm sangen Chorknaben lateinische Hymnen, begleitet von den besten Musikern Frankreichs. König Francis und Königin Marie saßen in der vordersten Bank, umgeben von den Mitgliedern des Königshofs.

Jacqueline betupfte sich die Augen. Die Gemeinde erhob sich, als die Braut den Gang entlangkam. Sie war ein traumhafter Anblick in weißer Seide und Spitze, das Gesicht, den Kopf und die Schultern von einer Mantille bedeckt. Hochzeiten brachten Jacqueline immer zum Weinen.

Die Braut gelangte zum Altar und stand nun neben dem Prinzen. Die Musik hörte auf. Und da konnte Jacqueline es hören – jeder konnte es hören –, die Braut weinte. Laut. Bis auf das Weinen war es in der Kirche völlig still. Als sie neben ihrem zukünftigen Mann stand, wurden ihre Schultern von Schluchzern geschüttelt.

Jacqueline blickte zu ihrer Mutter … und zu Marguerite, die düster neben ihr stand, jede tief in ihre Vorstellungen versunken von dem, was hätte sein können. Dann wandte Jacqueline ihre Aufmerksamkeit wieder der Braut zu. Als der Kardinal mit der

Zeremonie begann, drehte die sich um und sah zu einem kleinen, kahlköpfigen Mann hin, der leise weinend in der dritten Reihe saß. *Wer mochte das sein?* fragte sich Jacqueline.

Braut und Bräutigam knieten am Altar.

Der Kardinal sprach nun die Hochzeitsmesse auf lateinisch. Nach jedem Wort war ein weiterer Schniefer der Braut zu vernehmen.

Je mehr Tränen die Braut vergoß, so bemerkte Jacqueline, desto amüsierter wirkte der Prinz. Er sah aus, als wollte er jeden Moment loslachen. Zu jedermanns Überraschung gab der Prinz dem Kardinal ein Zeichen aufzuhören und half der bebenden Braut auf die Füße. Sanft hob er ihren Schleier und enthüllte das tränennasse Gesicht der vor sich hinmurmelnden Prinzessin Gabriella von Spanien.

Der Prinz küßte sie auf die Wange. »Señorita, ich weiß genau, wie Ihr Euch fühlt!« Ermutigend nickte er ihr zu und lächelte, als seine Braut vom Altar fort und in die Arme des kahlköpfigen Mannes stürzte.

Jacqueline konnte es nicht glauben. Hier, vor all diesen Leuten, hatte der Prinz sich für die wahre Liebe entschieden. Über dieses Wunder lächelnd, warf sie einen Blick über die Kirchenbänke und begegnete dem von Captain Laurent. An diesem Tag sah er besonders hinreißend aus … und wurde noch schöner, als er Jacqueline bemerkte und ihr ein strahlendes Lächeln schenkte. Dann ging er in den hinteren Teil der Kathedrale.

Jetzt ist vermutlich genau der richtige Zeitpunkt, um sich zurückzuziehen, dachte Jacqueline aufgeregt.

»Wo ist sie?« keuchte Henry, als er aus der Kathedrale gelaufen kam und Rodmillas Diener Maurice neben ihrer Kutscher erblickte. Vor dem Altar verschmäht zu werden war alles andere als tragisch – es war ein Glück.

»Die Baronin?« fragte Maurice mit einer Verbeugung vor dem Prinzen.

Ungeduldig schüttelte Henry den Kopf. »Danielle.«

Maurice' Gesicht war voller Trauer. »Sie wurde verkauft, Sire.«

»Verkauft!« rief Henry aus. »An wen?«

»Pierre le Pieu, Eure Hoheit.«

Rodmillas Tochter Jacqueline eilte auf sie zu, Arm in Arm mit Captain Laurent. »Das passierte gleich nach dem Maskenball«, gab sie reuevoll zu.

In Henrys Venen rauschte das Blut, als er daran dachte, wie er Danielle auf dem Maskenball behandelt hatte. Nicole, Comtesse, Danielle ... nichts davon war wichtig. Signor da Vinci hatte recht gehabt. Danielle war eine unglaubliche Frau, und er war ein Dummkopf gewesen, sie gehen zu lassen.

Er hoffte nur, daß es noch nicht zu spät war, sie zurückzuholen.

Kapitel 10

Herein«, rief le Pieu in seiner Bibliothek im Château Beynac. Danielle schlurfte in den staubigen Raum. Schweiß tropfte ihr vom Gesicht. Der widerwärtige alte Mann hatte ihr Eisenmanschetten um Hand- und Fußgelenke gelegt, und das schwere Metall brannte an diesem glühendheißen Tag wie Feuer. Sie reichte ihm die Schwerter, die er sie zu holen beauftragt hatte.

»Ich finde es scheußlich, Euch in Eisen zu sehen«, überlegte er. »Ich würde sie Euch abnehmen, wenn Ihr versprecht, nicht wieder fortzulaufen.«

»Für mich gibt es keinen Grund zu bleiben«, sagte Danielle knapp. Auch wenn er sie noch so oft wieder aufgriff, würde sie aus diesem Gefängnis entfliehen.

Le Pieu sah sie lüstern an. »Ihr gehört jetzt mir.«

»Ich gehöre niemandem«, widersprach Danielle. »Und am wenigsten Euch.«

Er stand von seinem Schreibpult auf und hob die verschwitzten Haarsträhnen von ihrem Rücken. »Ich wünschte mir wirklich sehr, daß Ihr Euch mein Angebot noch einmal überlegt.«

Danielle wich zurück. »Eher würde ich verrotten.«

»Ich hatte einmal ein Pferd, das so war wie Ihr«, sagte le Pieu nachdenklich. »Großartige Kreatur. Eigenwillig wie Ihr, launisch. Auch es brauchte nur gebrochen zu werden.«

Danielle erschauerte über den Vergleich. »Ihr werdet Euch von mir fernhalten, Sir.«

»Ihr habt nicht bitte gesagt«, säuselte er und legte seine schmierigen Arme um sie.

Schnell drehte Danielle sich so, daß sie direkt vor ihm stand, und drückte ihm die Spitze eines Dolches, den sie unter ihrem Rock verborgen hatte, gegen das Kinn. »Bitte.«

»Dafür könnte ich Euch hängen lassen«, knurrte le Pieu, ein Auge auf sie, das andere auf die Dolchspitze gerichtet.

»Nicht, wenn Ihr tot seid«, erwiderte Danielle.

»Ich liebe Euren Verstand wirklich«, sagte le Pieu und schlug ihre schlanke Hand heftig auf das Schreibpult. Trotz ihrer zusammengeketteten Füße gelang es Danielle, eine seitliche Bewegung zu machen und den Dolch über sein Gesicht zu ziehen.

Stolpernd fiel le Pieu zurück und faßte sich an die Wange. Aus der Wunde quoll Blut hervor. Wutentbrannt packte er eines der Schwerter, die sie ihm gebracht hatte.

»Mein Vater war ein erfahrener Schwertkämpfer, Monsieur«, sagte Danielle, die mit der freien Hand das andere Schwert ergriff und um ihn herumging. »Ich erhielt einen guten Unterricht von ihm.« Sie starrte unverblümt auf den Schlüsselring, der aus le Pieus Tasche baumelte. »Gebt mir jetzt diesen Schlüssel, oder ich schwöre bei seinem Grab, daß ich Euch vom Nabel bis zur Nase aufschlitze.«

Sie bereitete sich auf einen Kampf vor, da le Pieu es offensichtlich darauf ankommen lassen wollte. Ihre Augen blitzten auf, als er sich ihr näherte, und ihre Hände hielten den Schwertgriff fest umklammert.

Langsam zog le Pieu den Schlüssel aus seiner Tasche.

Sie hatte gewonnen.

Nachdem der verrückte alte Kerl sie von ihren Ketten befreit hatte, legte Danielle sie ihm selbst um und versteckte dann den Schlüssel im äußeren Gang. Bis er ihn gefunden hätte, wäre sie weit, weit weg.

Danielle marschierte aus dem Château Beynac heraus – und traf direkt auf Henry und die königliche Garde.

»Hallo«, sagte Henry schüchtern.

»Hallo«, erwiderte Danielle erschrocken. »Was tut Ihr hier?«

»Ich, äh, kam, um … Euch zu befreien.«

Langsam ging sie die breite Steintreppe hinab. »Mich zu befreien?« wiederholte sie unschuldig. »Ein einfaches Bauernmädchen?«

»Eigentlich kam ich, um Euch um Vergebung zu bitten«, brach es aus Henry hervor. »Ich bot Euch die Welt an, und bei der ersten Prüfung meiner Ehre habe ich Euer Vertrauen enttäuscht. Bitte, Danielle …«

Danielle blieb stehen. »Sagt das noch einmal.«

»Es tut mir leid.« Henry ließ den Kopf hängen.

Sie lächelte. »Nein. Ich meinte den Teil, wo Ihr meinen Namen sagtet.«

Ein erleichtertes Lächeln überzog sein Gesicht.

»Danielle … vielleicht wärt Ihr so freundlich, mir bei der Suche nach der Besitzerin dieses bemerkenswerten Schuhs zu helfen?«

»Woher habt Ihr den?« stieß Danielle hervor.

Henry sah ihr tief und durchdringend in die Augen. »Sie ist mir in jeder Hinsicht eine ebenbürtige Gefährtin. Bitte sagt mir, daß ich sie nicht verloren habe.«

Danielle sank auf die Stufe nieder. »Er gehört einer Landfrau, Eure Hoheit, die nur vorgab, eine Adlige zu sein, um das Leben eines Mannes zu retten.«

»Ja, ich weiß ... und mein Name ist Henry, falls es Euch nicht stört«, warf er sanft ein.

Sie hatte das Gefühl, als würde ihr Herz zusammengepreßt, als er vor ihr das Knie beugte. »Ich knie nicht als Prinz vor Euch nieder, sondern als ein verliebter Mann. Aber ich würde mir wie ein König vorkommen, wenn Ihr, Danielle de Barbarac, meine Frau werden wolltet.«

Wie in einem Traum sah Danielle, daß er ihr den Schuh über den Fuß streifte. Natürlich paßte er genau. Sie brach in Tränen aus und dann in seinen Armen zusammen.

»Ja, ja, ja«, murmelte sie Henry glücklich ins Ohr und küßte seine Haare, seinen Hals und dann seine zärtlichen Lippen. »O ja.«

Kapitel 11

Jacqueline nippte an ihrem Consommé. Gewöhnlich waren die Essenszeiten für sie einer der Höhepunkte des Tages … aber an diesem Abend war die Atmosphäre im Eßsaal so angespannt, daß man sie mit einem Messer hätte schneiden können.

Oder man konnte das Messer auf den Tisch schleudern, was ihre Mutter auch gerade tat. »Wie konntest du nur so blöd sein?« schimpfte sie und durchbohrte Jacqueline mit Blicken.

Jacqueline zuckte zusammen. »Woher sollte ich denn wissen, daß er aus der Seitentür gestürzt kam?« sagte sie, während sich in ihrem Magen die Suppe unangenehm bemerkbar machte. »Er sollte doch heiraten!« Daß der Prinz aus der Kathedrale gestürzt war, hatte sie völlig überrascht, aber schließlich war sie auch sehr von Captain Laurent beansprucht gewesen, der zu einem richtigen Freund geworden war.

»Die Leute sagten, er habe mir dir gesprochen«, warf Marguerite ein. »Was hat er gesagt?«

Jacqueline spielte nervös mit der Serviette herum. »Ich bin mir nicht ganz sicher … es ging alles so schnell«, begann sie. »Aber ich glaube, er sagte so etwas wie … ›Das habe ich nun davon, daß ich eine Fremde Eurer Schwester vorzog.‹«

Auf dem Gesicht ihrer Mutter tauchte ein selbstzufriedenes Lächeln auf. »Na gut, dann lassen wir ihn vielleicht noch ein paar Tage zappeln.«

An der Vordertür erklang die Glocke. »Ich geh' schon!« riefen alle drei Frauen gleichzeitig.

Rodmilla war als erste bei der Tür.

Captain Laurent (oder Laurent, wie Jacqueline ihn mittlerweile bei sich nannte) stand vor ihnen. Er verbeugte sich. »Seine Höchste Majestät, König Francis, verlangt unverzüglich eine Audienz mit der Baronin Rodmilla de Ghent und ihren Töchtern.«

Bei dem Anblick des hinreißenden Gardisten und der Erwartung des ihr bekannten bevorstehenden Ereignisses schlug Jacquelines Herz schneller.

Ihre Mutter fuhr sich mit der Zunge über die Lippen. »Ist irgend etwas ... nicht in Ordnung?«

Captain Laurent schüttelte den Kopf. »Nein, Mylady, der König verlangte, daß Ihr stilvoll auftretet.«

Rodmilla nahm jede ihrer Töchter am Arm und bedachte den Captain mit einem strahlenden Lächeln. »Dann werden wir stilvoll sein.«

Noch nie waren in Manoir de Barbarac Zurechtmachen und Nasepudern so eilig vonstatten gegangen wie zu der Vorbereitung auf den Besuch in Hautefort. Aber Rodmilla traf die Einladung nicht völlig unverhofft. *Schließlich habe ich mich schon sehr lange auf diesen Tag vorbereitet. Sicher waren ein paar Ärgernisse aufgetaucht, aber die waren nun endgültig versorgt.* Und apropos versorgen: Rodmilla strahlte, weil bald Marguerite mit dem Prinzen verheiratet wäre und *sie selbst* in Hautefort einziehen würde. *Ich muß Marguerite daran erinnern, daß ich ein Gemach mit Blick auf den Hof möchte.*

Rodmilla quoll über vor Stolz, als sie, Marguerite und Jacqueline in das Schloß von Hautefort eingelassen und zum Thronsaal geleitet wurden. Rodmilla hatte die erlesensten Kleider für sich und ihre Töchter ausgewählt und dabei darauf geachtet, daß das von Marguerite das edelste war. Die Mühe hatte sich gelohnt, da nun alle Augen des Königshofs auf sie gerichtet waren. Hoheitsvoll liefen sie den Mittelgang zur königlichen Empore entlang, wo König Francis und Königin Marie auf ihrem Thron saßen, den Prinzen zwischen sich.

Äußerst würdevoll nickte Rodmilla Leonardo da Vinci und den Mitgliedern des Königshofs zu, einschließlich Celeste und Isabelle. Die Befriedigung dieses Augenblicks würde noch sehr lange in ihr nachwirken.

Doch der Empfang, den man ihr bereitete, war ein herber Schlag. König Francis sprach sie zornig an. »Baronin, habt Ihr Ihre Königliche Majestät, die Königin von Frankreich, angelogen oder nicht?«

Das Gesicht der Königin war düster. »Wählt Eure Worte klug, Madame, denn es könnten Eure letzten sein.«

Rodmilla brach der Schweiß aus. Wie hatten sie das herausgefunden? »Aus Liebe zu einer Tochter tut eine Frau praktisch alles«, sagte sie verzweifelt. Sie zwang sich zu einem Lachen. »Vielleicht habe ich mich ein wenig mitreißen lassen.«

Marguerite hielt sich die Hand vor den Mund. »Mutter, was habt Ihr getan?« Mit entschuldigendem Gesicht wandte sie sich an die Königin. »Eure Majestät, wie Ihr bin ich hier ein Opfer. Sie hat uns beide angelogen, und ich schäme mich, daß sie zu meiner Familie gehört!«

So groß war Rodmillas Zorn, daß sie vergaß, wer sie war – und wer zusah. »Du wagst es, dich gegen mich zu wenden, du nichtiger undankbarer Mensch?« stieß sie hervor und riß ihre Tochter so grob am Arm, daß Marguerites Zähne aufeinanderschlugen.

»Sehr Ihr?« sagte Marguerite selbstgerecht zum König. »Seht Ihr, was ich mir gefallen lassen muß?«

Der König war nicht amüsiert. »Ruhe! Alle beide!« Er wandte sich an Jacqueline. »Lieber Himmel, sind sie immer so?«

Jacqueline nickte feierlich. »Schlimmer, Eure Majestät.«

»Jacqueline, Liebling.« Rodmilla bemühte sich angestrengt, ihrer Stimme einen leichten Tonfall zu geben. »Es wäre mir schrecklich zu denken, daß *du* hiermit irgend etwas zu tun hast.«

Jacqueline lächelte unschuldig. »Natürlich nicht, Mutter. Ich bin nur wegen des Essens hier.«

Königin Marie erhob sich. »Baronin Rodmilla de Ghent, hiermit wird Euch Euer Titel aberkannt. Ihr und Eure schreckliche Tochter werdet mit dem nächsten Boot nach Amerika geschickt, es sei denn, ein Wunder geschehe und jemand hier würde zu Euren Gunsten sprechen.«

Tödliches Schweigen senkte sich über den Königshof.

Hoffnungsvoll blickte Rodmilla sich nach einem freundlichen Gesicht um. Einem anständigen Gesicht. Aber ihr begegneten nur versteinerte, mitleidlose Blicke. Sie wandte sich wieder dem König zu. *Ich werde deswegen nicht mein Gesicht verlieren! Ich habe immer noch meinen Stolz,* dachte sie voller Wut über diese Behandlung.

»Einige Leute scheinen nicht in der Stadt zu sein«, sagte sie und schluckte kräftig.

»Ich will für sie sprechen«, meldete sich da eine sanfte Stimme von der Tür her.

Die erstaunte Menge hielt den Atem an; Rodmilla wirbelte herum. Der Anblick, der sich ihr bot, war schlimmer als jeder Alptraum, den sie je gehabt hatte: Danielle in einem schönen Kleid, mit einer Krone aus glitzernden Rubinen und Diamanten auf dem Kopf.

Rodmilla glaubte, auf der Stelle in Ohnmacht zu fallen. Jede Faser in ihr schrie *Nein!,* aber anscheinend … war Danielle … ein Mitglied des königlichen Hofes! Rodmillas Herz raste, und wie ein Fisch im Trockenen schnappte sie nach Luft.

»Sie ist immerhin meine Stiefmutter«, fügte Danielle höflich hinzu.

Erstarrt sah Rodmilla, wie Danielle durch den Thronsaal schritt. Der gesamte Hof verneigte sich, als sie vorbeiging.

Danielle machte vor dem König und der Königin einen Hofknicks. *Sie gehört zu ihnen!* dachte Rodmilla mit plötzlicher Unruhe.

Danielle fing an zu sprechen. »Ich möchte Euch nur darum bitten, Eure Majestäten, ihr die gleichen Freundlichkeiten zu erweisen, die sie mir zukommen ließ.«

Mit einem sarkastischen Lächeln auf seinem hübschen Gesicht trat Henry vor. »Ich glaube nicht, daß Ihr meine Frau schon kennt«, sagte er zu Rodmilla und Marguerite.

Marguerite fing an zu weinen.

Mit der gesamten Selbstdisziplin, die sie aufbringen konnte, neigte Rodmilla sich langsam zu Boden. »Eure … Hoheit«, würgte sie hervor.

Danielles Ausdruck blieb zurückhaltend, aber ihre auf Rodmilla gerichteten Augen brannten. »Ihr sollt wissen, daß ich Euch schon gleich vergessen und nie wieder an Euch denken werde. Aber Ihr, dessen bin ich sicher, werdet meiner für den Rest Eures Lebens an jedem einzelnen Tag gedenken.«

»Und wie lange mag das wohl sein?« wagte Rodmilla mit gekreuzten Fingern zu fragen.

Danielles Blick fand den ihres Mannes, und ruhig lächelte sie wieder Rodmilla an. »Ich hoffe, ewig.«

»Und wenn ihr die Tischdecken gewaschen habt, könnt ihr mit den Servietten beginnen.« Die beleibte Wäscherin, die die Aufsicht über die Palastwäscherei hatte, wies auf den Berg schmutziger Leinentücher hinter ihr.

Rodmillas Zorn kannte keine Grenzen. Sie blickte an sich hinab, immer noch unfähig zu glauben, daß sie nicht nur ihren Titel aberkannt bekommen hatte, sondern auch noch ihrer schönen Kleider beraubt war – und man ihr diesen schrecklichen Rock und die ekelhaften Arbeitsstiefel gegeben hatte. Schlimmer noch, sie und Marguerite waren für eine unbestimmte Zeit dem Waschdienst zugewiesen worden. Die vergangenen drei Stunden hatten sie damit verbracht, in dem engen Kellerwaschraum schmutzige königliche Wäschestücke zu sortieren, und sie hatte die Nase voll davon.

»Und legt die da hinüber«, kommandierte die Wäscherin weiter und deutete mit einer Kopfbewegung auf zwei Wäschesäcke, die gerade die Rutsche heruntergekommen waren.

»Marguerite«, schnauzte Rodmilla.

»Was?« Das Gesicht ihrer Tochter war rot vor Anstrengung … eine ganz neue Erfahrung für sie.

»Du hast die Frau gehört.«

Marguerite glotzte. »Du auch.«

»Ja, aber ich leite das Ganze hier«, entgegnete Rodmilla und schob sich das schlampig gebundene Kopftuch zurecht.

Marguerite schrie auf. »Zum Teufel, was tust du? Du bist genauso viel wie ich: ein großer Niemand!«

»Wie kannst du es wagen, in diesem Ton mit mir zu reden!« rief Rodmilla und bewarf ihre Tochter mit einer mit Rouge befleckten Serviette. »Ich bin von edlem Blut, und du …«

»Ihr geht mir auf die Nerven!« brüllte die Wäscherin. Sie griff nach einem schweren Wäschesack, schleuderte ihn gegen Rodmilla und Marguerite und stieß die beiden in einen riesigen Bottich mit Schmutzwasser. Die anderen Arbeiterinnen brachen in tosendes Gelächter aus. »Jetzt macht euch wieder an die Arbeit!«

Danielle legte die Arme um ihren Mann, als sie durch die frische Abendluft zum Manoir de Barbarac galoppierten. Die Sonne ging gerade unter und tauchte das schindelgedeckte Dach ihres Vaterhauses in ein rötlich glühendes Licht. Wie sie erwartet hatte, warteten all ihre Freunde – Paulette, Louise und Maurice, zusammen mit den wunderbaren neuen Dienstboten, die Henry eingestellt hatte – auf sie vor dem Herrenhaus.

Und innen gab es eine noch größere Überraschung: Dort erwarteten sie Jacqueline und Captain Laurent, die kurz vor ihrer Hochzeit standen, Gustave und Signor da Vinci.

Sie waren alle in dem großen Saal versammelt, in dessen Mitte sich ein mit weißem Musselinstoff bedeckter Gegenstand befand. Mit elegantem Schwung zog der Künstler das Tuch weg. Darunter kam ein atemberaubendes Porträt von Danielle zum Vorschein.

»Oh, Leonardo, es ist wunderbar!« rief Danielle voller Freude aus.

Leonardo verbeugte sich. »Nehmt es als ein verspätetes Hochzeitsgeschenk, Eure Hoheit.«

Gustave machte ein schnaubendes Geräusch.

»Was ist?« fragte Danielle.

»Ich komme immer noch nicht darüber hinweg: ›Eure Hoheit‹.«

Henry kratzte sich am Kinn. »Ich muß sagen, Leonardo, für einen Mann Eures Talents sieht es ihr aber überhaupt nicht ähnlich.«

Danielle versetzte ihm einen neckenden Stoß. »Ihr, Sire, habt charmant zu sein.«

Sie seufzte auf vor Glück, als Henry seine Arme um sie schlang und sie sanft auf den Mund küßte. »Und wir, Prinzessin, haben glücklich bis ans Ende unserer Tage zu leben.«

»Wer sagt das?« zog Danielle ihn auf.

Der Blick ihres Mannes schweifte in die Ferne. »Weiß ich eigentlich nicht.«

Danielle kuschelte sich eng an ihn, atmete Henrys sauberen Geruch von Holz ein und drückte ihre Wange gegen seine. Glücklich bis ans Ende ihrer Tage … welch eine romantische Art, das restliche Leben gemeinsam zu beginnen.

Es klang fast wie im Märchen.